KB075802

북극 허풍담 1

북극 허풍담 1

즐거운 장례식

요른 릴 소설

지연리 옮김

열림원

| 일러두기 |

• 본문 중의 주석은 옮긴이주다.
• 인명, 지명 등 외국어의 우리말 표기는 국립국어원 외래어 표기법을 따르되,
  통용되는 일부 표기는 허용했다.

그런데 이 얘기는
처음부터 끝까지 전부 사실이야.

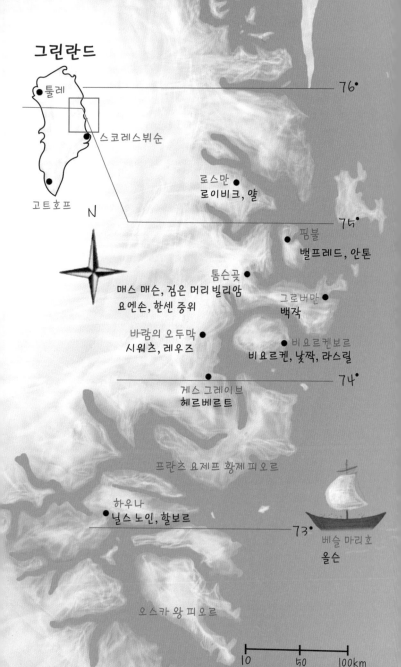

그린란드

툴레

76°

스코레스뷔순

로스만
로이비크, 얄

고트호프

N

75°

핌불
밸프레드, 안톤

톰슨곶
매스 매슨, 검은 머리 빌리암
요엔손, 한센 중위

그로버만
백작

바람의 오두막
시워츠, 레우즈

비요르켄보르
비요르켄, 낮짝, 라스릴

게스 그레이브
헤르베르트

74°

프란츠 요제프 황제 피오르

하우나
닐스 노인, 할보르

73°

베슬 마리 호
올슨

오스카 왕 피오르

10   50   100km

남동풍

—

잠꾸러기 밸프레드에게서 한 수 배운
안톤, 그리고 중국 요리사

극야의 어둠에도 안톤은 끄떡하지 않았다. 빛이 어둠으로 바뀐 것을 그는 오히려 축복으로 받아들였다. 사라진 빛은 일상의 리듬을 느리게 변화시켰다. 크리스마스 전까지는 잠깐 덫을 보러 가거나 오두막에서 밸프레드와 긴 밤을 지새우는 것 말고는 달리 할 일이 없는, 휴식의 시간이었다.

안톤이 묘한 기분에 휩싸인 것은 남쪽 지평선이 붉게 물들기 시작하는 계절이 되어서였다. 빛이 돌아오자 마음이 산란해지고 오만 가지 생각이 들었다. 안톤은 동료에게 그 사실을 숨겼다. 안톤을 사로잡은 생각들은 하나같이 짜릿하고 관능적이었다. 벨프레드 같은 멍청이가 그런 것을 이해할 리 없었다. 이것이 그가 평소보다 과묵하고 우울해진 이유였다. 안톤은 사소한 일에도 괜스레 신경을 곤두세웠다. 덫 위에 쌓인 눈에다 대고 상스러운 욕을 퍼붓고, 개들에게는 신경질을 부리며 고함을 쳤다. 썰매를 쫓아다니며 개똥을 주워 먹는 까마귀들에게까지 공연히 분풀이를 했다. 돌아온 태양과 그 덕에 붉어진 구름을 본 이래로, 그는 악마에게 홀린 사람처럼 굴었다.

안톤은 새해를 몇 주 앞두고 개들을 썰매에 묶었다. 그리고 태양을 향해 정남향으로 질주했다. 그러나 태양은 루터섬을 빠져나오기도 전에 사라졌다. 그는 집으로 돌아가면서 수많은 생각에 사로잡혔다. 그러자 이상하게 목이 메어 왔다. 그는 눈물을 참는 부류의 사내는 아니었다. 진주알 같은 눈물이 수염을 타고 빙판 위로 떨어졌다. 안톤은 태양과 햇살에 비치던 조금 전의 풍경을 떠올렸다. 여자 생각도 했다. 그는 아직 젊어서 이 부분에 대해서는 냉정할 수가 없었다.

안톤은 핌불 오두막으로 돌아와 썰매에서 개들을 풀어주고 어포를 먹였다. 그런 다음, 집 안으로 들어가서

짚으로 속을 채운 매트 위에 드러누웠다. 이층 침대 바닥이나 올려다보면서 또다시 밸프레드의 코 고는 소리를 들어야 한다고 생각하니 갑자기 짜증이 밀려왔다.

밸프레드는 이런 안톤의 심정을 이해할 만한 사람이 아니었다. 음흉하게 어둠을 좋아하는 데다 일출에는 영 관심이 없었다. 그에게 필요한 것은 먹고 자는 것뿐이었고, 평화롭게 잠들 여건만 된다면 언제든 행복했다. 게다가 그는 극야를 숭배했다. 극야에는 성가시고 고된 육체노동을 면할 수 있어서였다. 이 시기에는 사냥할 여우를 제외하고는, 배도 없고, 짐승도 없고, 찾아오는 사람도 적었다. 먹을 것과 건강이 따라주고, 다시 자고 싶은 마음만 있다면, 어둠의 계절만큼 그에게 잘 어울리는 것도 없었다.

북극에서 긴 시간을 살아오면서, 밸프레드가 두려운 마음으로 어두운 계절을 맞이한 적은 딱 한 번뿐이었다. 그해 겨울, 그는 방광 문제로 고통을 겪었다. 오줌을 누느라 수시로 잠에서 깨 침대 밖으로 나가야 했기 때문이다. 그는 며칠 만에 불평 많고 성마른 사람이 되었다. 다행히 그해 밸프레드의 곁에는 검은 머리 빌리암이라는, 발명에 재능이 뛰어난 동료가 있었다. 노르웨이 태생의 이 보헤미안은 빈뇨증으로 고생하는 밸프레드를 위해 특별한 장치를 고안해냈다. 그는 환자의 침대 높이에 맞춰 벽에 구멍을 뚫고, 바다표범의 창자를 끼운 뒤 뚜껑을 덮었다. 덕분에 밸프레드는 요의가 느껴질 때마다 구멍 속에 미사일을 집어넣고 생리 현상을 해결하며 무사히 겨울을 났다. 빌리암은 황금처럼 쓰임이 많은 친구였다. 그는 집안일과 덫 관리를 혼자 도맡아 했고, 맛좋은 건포도 빵을 만들었다. 이것이 훗날 톰슨곶의 매스 매슨이 밸프레드에게서 빌리암을 빼앗아간 이유였다.

밸프레드는 안톤이 문을 닫는 소리에 잠에서 깨어났다. 그는 몸을 반쯤 일으키고 이층 침대 위에서 동료를 내려다보았다.

"안톤, 아직 일러." 밸프레드가 온화한 목소리로 말했다. "해가 완전히 뜨려면 한 달은 더 기다려야 해. 그때는 작은 섬에서 일출을 볼 수 있을 거야."

안톤은 화가 날 정도로 우울했으므로 어깨만 으쓱하고 대답하지 않았다. 이런 때에는 입을 다무는 편이 나았다. 설명해봤자 멍청한 밸프레드가 알아들을 리 없었다. 밸프레드는 세상일에 전혀 관심이 없었다. 뚱보에다가 맥없는 짐승처럼 온종일 잠만 잤다. 추운 오두막의 거친 침대보다 더 나은 삶이 있다는 것도 몰랐다.

"헤, 헤," 밸프레드가 바보처럼 히죽거렸다. "그렇게 해를 쫓아다녀봤자 소용없어. 해는 여자랑 똑같아서 그런다고 넘어오지 않거든. 기대해도 아무 소용이 없다니까."

밸프레드는 잠에서 깬 듯 눈을 비볐다.

"옛날에 알고 지내던 요리사가 있었는데, 녀석은 바람을 쫓아다녔어. 배울 점이 꽤 많은 놈이었지. 맹한 구석이라고는 눈곱만큼도 없는 굉장히 똑똑한 놈이었어."

밸프레드가 침대 위로 다리를 뻗고 말을 이었다.

"아스파라거스처럼 길쭉하고 비쩍 마른 놈이었는데, 우린 녀석을 중국 요리사라고 불렀어. 가끔은 정신이 반쯤 나간 것 같았지만, 꽤 멋있는 놈이었지. 녀석은 만돌린을 연주했거든. 정말이야. 너도 알겠지만, 만돌린 연주자들은 죄다 근사하잖아, 안 그래? 나나 검은 머리 빌리 암, 로이비크 같은 사람들과는 차원이 다르지. 우린 기껏해야 밴조나 하모니카를 갖고 노니까. 어린 녀석이 정말 굉장했어. 창고 뒤에 앉아서 만돌린을 긁어대는데, 듣다가 말고 모두 눈물을 흘릴 정도로 감동적이었지."

밸프레드가 바닥으로 펄쩍 뛰어내렸다. 거무튀튀한 밸프레드의 사각팬티를 본 안톤은 꼴불견이라는 듯 고개를 돌렸다.

"뭘 좀 먹어야겠네." 밸프레드가 중얼거렸다. "배가 든든해야 잠도 잘 오니까. 안톤, 너도 먹을래?"

안톤은 고개를 저었다. 입맛이 없기도 했지만, 그보다도 밸프레드 같은 동료와 어울리고 싶지 않았다.

밸프레드는 식탁 위에 버너를 올려놓고 석유를 채워 넣었다. 화구에 불을 붙이자, 매연이 천장을 향해 올라가며 검은색 미립자들이 실내를 가득 채웠다. 버너의 불꽃이 커지고 요란한 소리가 났다. 밸프레드는 사향소 비계를 조금 떼어내 프라이팬에 올리고, 천장에 매달아둔 소 넓적다리에서 고기를 한 점 베어냈다.

"헤, 헤, 그런데 그 중국 요리사는 엉터리 사냥꾼이 되고 말았어. 진짜야. 너도 그 자식과 같이 겨울을 보내봤어야 해…… 제기랄, 그랬다면 재미있었을 거야. 넌 해를 쫓고, 녀석은 바람의 꽁무니를 쫓고…… 녀석은 만돌린을 긁어대면서 알아들을 수 없는 소리를 지껄였어. 그래도 녀석하고 오두막에서 같이 지내는 건 나쁘지 않았어. 너도 아마 그 녀석을 좋아했을 거야. 훌륭한 사냥꾼이 될 가망성은 없었지만, 요리는 정말 잘했거든. 사냥만큼이나 요리도 중요하잖아, 안 그래? 녀석의 아버지는 대사관에서 일했는데, 거기서 무슨 일을 한 건지는 나도 몰라. 어쨌든 녀석은 그러다가 동양 어딘가에서 태어났고, 중국 요리사라는 별명도 갖게 된 거지."

밸프레드는 프라이팬의 고기를 뒤집고 벽장에서 술을 꺼낸 다음, 얼마나 남았는지 손가락으로 가늠했다.

"이런…… 안톤, 큰일 났어! 술이 고작 손가락 세 개 굵기만큼 남았어. 얼른 술을 새로 내려야겠어. 비요르켄보르의 친구들이 놀러 왔을 때 대접할 게 아무것도 없다고 생각해봐. 너무 끔찍하잖아."

밸프레드는 두툼한 검지로 고기를 쿡 찔렀다.

"염병할, 이 고깃덩어리는 중국 요리사에게 갔어야 해. 녀석은 칼도 안 들어갈 만큼 질긴 황소 고기도 연하게 만드는 재주가 있었거든. 그런데 어떻게 했는지는 물어보지 마. 나도 몰라."

밸프레드는 식탁에 깔린 방수포 위로 스테이크를 던지고, 입김을 불어 버너의 불을 껐다.

"녀석은 영리하고, 재능도 많았어. 하지만 가엾은 놈이기도 했어. 문제가 좀 있었거든. 그래, 녀석에게 어떤 문제가 있었는지 얘기하는 것도 좋겠어. 그러려면 이 이야기가 제격이야. 놈은 겨우내 얼음 밑에서 지내는 바다표범들이 어떻게 숨 쉴 구멍을 찾아내는지 굉장히 궁금해했어. 아는 사람도 없었고, 답을 알아내려는 사람도 없어서 혼자 안간힘을 썼지. 정말 열심이었어. 한번은 직접 바다표범이 되어보겠다며 허리에 밧줄을 묶고, 긴 대나무 작대기를 들고 정말 얼음 밑으로 들어갔어. 나름대로 만반의 준비를 한 거지. 정말 재미있었어. 꽤 과학적이기도 했고."

밸프레드는 두 손가락으로 스테이크를 들고 뜯기 시작했다.

"아마 이맘때였을 거야. 기억이 나. 아주 깜깜하지도, 아주 밝지도 않아서 개들을 겨우 분간할 수 있었거든. 벨라순 하구까지 내려가니까 빙산이 녹아서 땅바닥이 바닷물로 질척거렸어. 중국 요리사는 기운이 넘쳤지. 녀석은 방수복을 입고 옷 안으로 물이 들어오지 않도록 바짓가랑이랑 소매를 발목과 손목에 끈으로 동여맸어. 유별나다 싶긴 했지만 난 가만히 두고 보기로 했어. 어둠 때문에 머리가 이상해진 동료를 위해 그 정도 희생은 감수하는 게 도리니까."

밸프레드는 북극에서 지내는 동안 다 빠지고 세 개밖에 남지 않은 치아로 천천히 스테이크를 씹었다. 그런 그의 모습은 마치 되새김질을 하는 소 같았다. 그는 고기를 잡고 있던 손가락을 쪽쪽 빨아서 깨끗하게 만들었다. 그리고 술병으로 팔을 뻗어 손가락 하나 굵기만큼 술을 따랐다.

"안톤, 낚시할 때 쓰는 대나무 작대기를 놈이 왜 가져 갔는지 알아? 물속에서 숨을 쉬기 위해서였어. 정말 영리한 놈이었지. 웬만큼 노력해서는 누구도 중국 요리사를 뛰어넘을 수 없을 거야. 진짜 대단한 친구였거든."

밸프레드가 손가락 굵기 반만큼의 술을 홀짝였다.

"나는 녀석이 물속으로 뛰어들 지점에서 몇 미터 떨어진 곳으로 개들을 데리고 갔어. 그리고 거기서 기다리게 했지. 중국 요리사가 허리에 밧줄을 묶고 물속으로 사라지는 걸 보면 개들이 무슨 생각을 할지 알았거든. 나는 녀석하고 슈냅스*를 조금 마셨어. 그날은 말도 못 하게 추워서 피를 빨리 돌게 해야 했어. 바다에서 차가운 안개가 피어올라서 뼛속까지 얼어붙을 정도였으니까. 중국 요리사는 단숨에 물속으로 뛰어들었어. 내가 끈을 좀 느슨하게 푸니까, 물도 한 방울 튀기지 않고 금세 어둠 속으로 사라지더군. 상상이 가?"

밸프레드는 손가락 굵기 반만큼의 술을 홀짝이고 요란하게 트림을 했다. 그러고는 언짢은 표정으로 술병을 쳐다보았다.

---

* 증류하여 만든 과실주.

"염병할, 내일 당장 술을 내려야겠어."

밸프레드가 의자 깊숙이 몸을 기댔다. 그러고는 졸음이 가득한 눈을 끔뻑였다.

"안톤, 그러고 나서 무슨 일이 벌어졌는지 알아? 휴, 아냐, 묻는 내가 바보지. 네가 그걸 어떻게 알겠어? 나는 한동안 가만히 서서 중국 요리사가 대나무 작대기를 어디까지 끌고 가는지 지켜봤어. 그런데 개들이 갑자기 짖기 시작했어. 이유는 금세 밝혀졌어. 바보도 그 소리를 들으면 알았을 거야. 나는 깜짝 놀라서 뒤돌아봤어. 결과는 예상대로였고. 개들이 덩치가 산만 한 곰의 꽁무니를 쫓고 있었거든. 안톤, 너도 그 곰을 봤다면 좋았을 거야. 그랬다면 진짜 곰이 어떤 짐승인지 알 수 있었을 테니까. 얼마나 큰지 놈을 제대로 다 보려면 뒤로 몇 걸음 물러나야 했어. 네가 잡은 그런 평범한 곰들과는 비교할 수도 없었지. 지난 가을 헤르베르트가 내려와서 잡은 곰보다 딱 세 배쯤 더 크다고 상상하면 될 거야. 때가 누렇게 탄 그놈은 맹세코 정말 어마어마하게 컸어! 그 순간, 내가 어떻게 했을 것 같아? 헤, 아마 다들 상상도 못 할 거야. 줄 끝에는 중국 요리사가 매달려 있고, 굶주린 곰은 미친 듯이 달려들고, 그 뒤를 열한 마리의 개들이 쫓는다고 생각해봐. 그런 난리도 없었지."

밸프레드가 눈을 감고 추억에 잠겼다. 하지만 그것도 잠시, 그새 잠이 들었다가 턱이 가슴까지 떨어진 뒤에야 소스라치게 놀라며 눈을 떴다.

"……곰은 겨울잠을 못 자서 불만이 많았어." 그가 말을 이었다. "안톤, 너도 알겠지만, 겨울잠을 못 잔 곰은 식욕이 엄청나. 뭐든 집어삼킬 기세로 덤벼들지. 늙은 사냥꾼도 예외는 아니야. 헤, 헤! 그런데 그런 건 사람이랑 똑같은 것 같아. 나도 겨울에 잠을 충분히 못 자면 예민해져서 곧잘 성질을 부리거든. 사람이건 짐승이건 북극에서 가장 위험한 존재는 겨울잠을 제대로 못 잔 영혼들일 거야."

밸프레드가 술병을 양손으로 비볐다.

"어쨌든 계획을 세울 시간이 없었어. 나는 중국 요리사를 묶고 있던 밧줄을 얼른 얼음덩어리 사이에 끼우고 옆으로 몸을 피했어. 곰은 내가 그럴 줄 미처 짐작하지 못한 것 같았어. 어쩌면 뒷다리에 매달린 사냥개들 때문에 중심을 잃은 걸지도 모르지. 펄쩍 뛰어오른 곰이 내가 서 있던 자리에 착지하더니, 브레이크를 걸 틈도 없이 중국 요리사가 들어간 구멍으로 미끄러져 들어갔거든. 헤, 헤, 썰매에 묶여 있던 개들은 사방으로 날뛰고, 어떤 녀석은 물에 빠져서도 적을 향해 계속 으르렁댔지. 나는 썰매에서 총을 가져다가 탄약을 장전했어. 그런데 갑자기 중국 요리사가 떠올라 슬퍼지더군. 바다표범이 어떻게 숨구멍을 찾아내는지 알아냈다고 해도, 이제는 아무에게도 말할 수가 없었으니까. 곰은 귀 뒤쪽에 산탄을 맞고 쭉 뻗었어. 순간, 곰을 먼저 건져 올려야 할지, 아니면 중국 요리사를 먼저 꺼내야 할지 고민이 됐어. 왜냐하면 중국 요리사는 창자에 물이 가득 고여서 바닥에 처박혀 있을 게 분명했으니까. 벌써 세상을 하직했을 거란 말이야. 나는 맛있는 고기를 먼저 건져 올리는 게 현명하다는 판단이 들었어. 그래서 물먹은 인형처럼 축 늘어진 곰을 재빨리 개들에게 묶어서 물 밖으로 끌어냈지. 아, 얼마나 크던지! 네가 정말 그걸 봤어야 해! 얼마나 큰지 무게를 짐작하는 것만으로도 허리가 휘었거든.”

밸프레드는 또다시 추억에 잠겼다. 그리고 다시 졸기 전에 몸을 일으켰다.

“나는 개들이 곰 고기에 달려들지 않도록 목줄 밑에 앞다리를 끼워 넣었어. 그리고 중국 요리사를 끌어당겼지. 마음이 얼마나 안 좋았는지 몰라. 같이 지내기에는 더할 나위 없이 좋은 친구였으니까. 이해가 가?”

밸프레드가 미소를 지었다.

“헤, 헤, 그런데 그 친구가 구멍 속에서 솟구치는 걸

보고 찜찜하던 마음이 한순간에 사라졌지. 살아 있었던 거야. 내 말을 믿어도 좋아. 진짜니까. 내가 보증서를 써 줄 수도 있어. 중국 요리사는 물 밖으로 고개를 내밀고 비명을 질렀어. 따닥따닥 이를 부딪치면서 온몸을 사시 나무처럼 떨었지. 나는 녀석을 얼른 빙판 위로 끌어 올렸고, 녀석은 물에서 나오자마자 곰의 배를 베고 누워서 얼음 아래서 있었던 일들을 말하기 시작했어. 그런데 이가 부딪치는 소리가 너무 커서 나는 녀석의 말을 한마디도 알아들을 수가 없었어. 너무 시끄러워서 녀석의 이를 모조리 뽑아다가 호주머니에 처넣고 싶을 정도였어. 그래야 무슨 소린지 알아들을 수 있을 테니까. 안톤, 세상을 살다 보면 자기 이도 통제하지 못할 정도로 위험에 처할 때가 있어. 기억해두면 언젠가 쓸데가 있을 거야."

밸프레드는 가볍게 고개를 끄덕이며 안톤을 돌아봤다. 안톤은 듣는 둥 마는 둥, 대꾸도 하지 않고 천장만 뚫어지게 쳐다보고 있었다. 기대와 다른 반응에 밸프레드가 다시 말을 이었다.

"너와 중국 요리사 사이에는 큰 차이점이 있어. 중국 요리사는 가죽처럼 질긴 놈이었어. 집으로 돌아와서 곰 고기를 먹으면서도 수질이 어떻다는 둥, 어두컴컴한 얼음 밑에서 자기가 무슨 일을 겪었는지 계속해서 지껄였거든. 내가 곰 사냥을 하는 동안 녀석은 예전부터 뚫려 있던 얼음 구멍에 대나무 작대기를 꽂고 공기를 들이마셨대. 그렇게 살아난 거지."

밸프레드는 엄지로 술병 마개를 돌려서 열고, 다시 손가락 절반 굵기만큼 술을 마셨다.

"진짜 희한한 놈이었어. 머릿속에는 온갖 새로운 아이디어가 가득했지만 여자에 대해서만큼은 젬병이었지. 정말 아는 게 하나도 없었거든. 그래서 여자 생각을 할 때마다 녀석이 그렇게 우울해했던 것 같아. 너처럼 말이야. 안톤, 그래서 하는 말인데, 울적한 기분이 드는 게 태양 때문이라고 생각해? 그렇다면 그건 굉장한 착각이야. 내가 이미 여러 번 말했잖아. 너도, 중국인 요리사도 여기로 오기 전에 방향을 틀어서 매춘부에게 들렀어야 했다고. 왜냐고? 들어봐. 중국 요리사에게 그 후 어떤 일이 일어났는지 알면 내 말이 옳다고 할 테니까. 녀석은 시간이 흐를수록 이상해졌어. 온종일 꼼짝 않고 앉아서 시끄럽게 만돌린을 긁어댔거든. 그 바람에 나는 통 잠을 잘 수가 없었어. 네가 원하는 그게 녀석에게도 필요했던 거야. 이건 그냥 내 짐작인데, 놈은 여자랑 잔 적이 한 번도 없었던 것 같아. 한 번이라도 해본 놈들은 여자가 없어도 그럭저럭 살기 마련이거든. 나처럼 슈냅스를 들이켜면 되니까. 하지만 경험이 없는 놈들은 온갖 망상에 빠져서 상상의 나래를 펼치지."

밸프레드는 버너를 정리해 넣고, 주방의 찬장을 뒤져서 정어리 통조림을 꺼내왔다.

"소화에는 이게 최고야." 깡통 입구에 양쪽으로 구멍을 내면서 그가 말했다. 밸프레드는 검게 그을린 천장을 올려다보며 정어리 기름을 쪽쪽 빨아 마셨다.

"그러던 어느 날, 드디어 일이 벌어지고 말았어. 중국요리사가 만돌린을 화덕에 내리쳐서 박살을 내고 만 거야. 덕분에 만돌린은 띠용, 빠지직, 소리를 내며 저세상으로 갔고, 우린 음악 없이 겨울을 보내야 했지. 어쨌든 내가 상관할 바는 아니었어. 음악은 나랑 아무 관계가 없으니까. 그런데 그 후로, 녀석이 만월의 늑대처럼 목이 터져라 울부짖기 시작했어. 정말 듣기 거북한 소리였어. 지금 떠올려봐도 머리카락이 쭈뼛 설 정도로 소름이 끼쳐. 나는 중국 요리사를 데려다가 일단 의자에 앉혔어. 그리고 난산으로 고생하는 암캐를 달래듯 녀석을 살살 얼렀지. 그러니까 놈이 울부짖으면서 어떻게 해야 하냐고 물었어. 정말 가슴 아픈 일이었지. 매춘부들이 사는 마을은 제일 가까운 곳도 수천 킬로미터나 떨어져 있었으니까. 악마도 별수 없었을 거야. 나는 녀석의 어깨를 토닥이면서 해결책을 알려줬어. 바지를 벗고 남동풍을 향해 있는 힘껏 달려보라고. 내가 녀석에게 해줄 수 있는 건 그게 전부였지. 나는 남동풍을 향해 달리다 보면 괜찮아질 거라고 말했어. 뭐든 지나가지 않는 일은 없고, 언젠가는 멋진 사나이로 거듭날 거라고 타일렀지."

밸프레드가 술병에 남은 술을 비웠다.

"제기랄, 술을 빨리 내리자. 싸구려 독주를 손님들에게 대접할 수는 없으니까. 그렇지?"

밸프레드는 병 바닥에 붙은 몇 방울의 술을 잇몸 위에 털어 넣고 만족스러운 듯 숨을 들이켰다.

"안톤, 다 지나갈 거야. 세상에 지나가지 않는 일은 없어. 시간이 가는 동안 누군가는 남동풍을 향해 돌진하고, 또 누군가는 태양을 쫓아 달려갈 뿐이지. 내가 술병을 바닥내며 자족하는 것처럼. 어쨌든 중국 요리사는 내 처방에 따라 양모 바지를 벗고 밖으로 달려 나갔어. 그런데 효과가 꽤 좋았어. 그날 저녁에는 미지근한 남동풍이 불어왔거든. 녀석은 남동풍을 마주 보고 전속력으로 달려갔어. 한달음에 골짜기를 지나서 개들의 강을 건너더니 핌불산 정상까지 올라갔어. 어찌나 빠르던지, 희미한 빛 아래서 녀석을 눈으로 쫓을 수가 없었지."

밸프레드는 칼에 묻은 정어리 기름을 팬티에 대고 정

성껏 문질러서 닦아냈다. 그런 다음 남은 정어리 통조림을 한쪽으로 밀어두고, 까맣게 변한 천장에 훅하고 입김을 불어서 재를 털어냈다.

"헤, 헤, 어쩌나 잘 달리던지! 녀석은 힘이 빠져서 다리가 꼬일 때까지 달리고, 또 달렸어. 몸속에 깃든 악마를 쫓아내기 위해서였지. 뜀박질을 마치고 집으로 돌아온 녀석은 새 동전처럼 얼굴에서 반짝반짝 윤이 났어. 나는 그사이에 만돌린을 수리해서 녀석에게 건네줬어. 제대로 고친 게 아니라서 처음처럼 간들간들하고 요염한 소리는 나지 않았지만, 덕분에 어둠의 계절이 끝날 때까지는 그럭저럭 음악을 들을 수 있었지."

밸프레드는 나른한 얼굴로 기지개를 켜며 창밖을 내다보았다.

"염병할, 밖이 너무 어두워! 한숨 자지 않으면 우울해지기 딱 좋은 날씨야. 안톤, 밖을 너무 내다보지는 마. 머리가 터지지 않으려면."

밸프레드는 침대를 향해 걸어갔다.

"바람이 불 것 같아. 그것도 꽤 거친 남동풍이."

밸프레드는 한숨을 내쉬었다.

"그건 그렇고, 난 베개나 끌어안고 몇 시간 눈을 좀 붙일게. 헤, 헤, 잠만큼 인간을 행복하게 해주는 것도 없지."

밸프레드는 침대로 올라가서 눈을 감고 기분 좋게 숨을 들이마셨다. 그가 막 잠에 빠져들려는 찰나, 아래층 침대에서 들썩이는 소리가 들려왔다. 침대 너머로 힐끔 보니 안톤이 바지를 벗고 있었다.

15분 뒤, 안톤이 돌아왔을 때도 밸프레드는 깨어 있었다. 안톤은 수척해진 얼굴로 바지를 주워 입고 말없이 침대 속으로 들어갔다. 그리고 밸프레드가 누운 침대 바닥을 응시했다.

"안톤." 밸프레드가 중얼거렸다. "이제 좀 괜찮아졌어?"

"바람이…… 바람이 멎었어." 눈물을 글썽이며 안톤이 대답했다.

밸프레드는 옆으로 돌아누웠다.

"안톤, 바람도 여자랑 똑같아. 그러니까 바람도 믿지 마……."

편안하게 누운 채로 그가 쩝쩝하고 몇 차례 입맛을 다셨다.

"휴, 이게 웬 난리람!"

알렉산드레

—

헤르베르트, 마침내 이상적인 동료를
만나다

헤르베르트는 자주 알렉산드레를 생각했다. 알렉산드레의 부재 속에서 몇 시간이고 가만히 앉아 있을 때면, 짙은 외로움이 엄습했다. 한겨울의 거센 폭풍으로 며칠씩 오두막에 갇혀 지낼 때는 고통이 극에 달했다. 바람은 허술한 오두막 박공지붕을 사정없이 후려치면서 을씨년스러운 소리를 냈고, 그는 알렉산드레와 함께한 행복했던 순간을 떠올리며 악착같이 추억에 매달렸다. 한마디로 그는 알렉산드레의 부재로 인해 거의 미쳐가고 있었다.

알렉산드레는 8월의 어느 무더운 날, 헤르베르트의 삶 속으로 들어왔다. 그리고 2월의 어느 추운 아침, 그의 곁을 떠났다. 둘은 여섯 달 동안 게스 그레이브에서 함께 살았다. 알렉산드레와 헤르베르트의 동거는 연안의 주민 모두를 놀라게 했다. 게스 그레이브의 기지 대장이 그렇게 오랫동안 다른 누군가와 함께 생활한 적이 없어서였다. 그는 난해한 정신세계를 가진 인물이었다. 그런 그에게 호감을 느끼고 찾아오는 사람도 가끔 있었지만, 하루하루가 지나면서 피곤함을 느끼고는, 그뤼예르 치즈처럼 구멍이 숭숭 뚫린 오두막과 연안에서 사냥감이 제일 적은 게스 그레이브 지역의 특성을 문제 삼고 다들 왔던 곳으로 되돌아갔다.

헤르베르트의 오두막은 낡고, 관리 상태도 엉망이었다. 모두가 그 사실을 알고 있었다. 북동풍이 불면 촛불이 꺼지지 않도록 비스킷 상자를 초 주변에 병풍처럼 둘러야 했고, 눈보라가 치는 날이면 하루에도 몇 번씩 커다란 삽으로 집 안에 쌓인 눈을 퍼내야 했다.

그럼에도 불구하고 헤르베르트는 게스 그레이브가 좋았다. 그는 예술가의 영혼을 가진 낭만주의자였다. 다른 사냥꾼들이 대수롭지 않게 여기는 것도 남다르게 볼 줄 알았고, 연안의 주민들이 갖고도 가진 줄 모르는 소박한 물건에 만족했다.

게스 그레이브는 지리적으로 위치가 좋았고 그만큼 기지의 입지 조건도 훌륭했다. 은빛 피오르의 입구에 있어서 안전했고, 뒤로는 넓은 강물이 흘렀다. 창밖으로 보이는 피오르 너머의 풍경은 매우 아름다웠다. 얼음으로 뒤덮인 바다 건너에는 가파르게 깎아내린 스벤슨의 혹이 보였다. 스벤슨의 혹은 북쪽에 면해 있어서 바람으로부터 기지를 지켜주었다.

헤르베르트는 이곳에서 오랫동안 혼자 살았다. 이따금 동료가 있을 때도 있었지만, 앞서 말했듯 다들 게스 그레이브보다 사냥감이 많은 지역이나, 헤르베르트보다 덜 수다스러운 동반자를 찾아 떠나갔다. 그러던 어느 날 알렉산드레가 홀연히 그 앞에 등장했다. 알렉산드레는 진홍색의 두툼한 볏과 멋들어진 꽁지깃이 두 가닥 달린 이탈리아 수탉이었다. 눈 주위에는 붓으로 그린 것 같은, 오렌지 빛깔의 둥근 테도 둘러져 있었다.

알렉산드레는 바다표범 사냥선인 베슬 마리호를 타고 북극 연안에 왔다. 배가 그린란드 동부 연안을 향해 항해하는 동안, 그는 암탉들이 알을 많이 낳을 수 있도록 독려하는 임무를 맡았다. 그러고는 배가 보급품을 전하고 노르웨이로 돌아가는 길에 수프 그릇 속에서 생을 마감할 운명이었다. 그런데 이런 그의 운명이 갑자기 바뀌었다.

헤르베르트는 만취해 비틀거리며 올슨 선장의 선실에서 나왔다. 그는 집으로 돌아가기 위해 보트에 오르려다가 갑판 위에 놓인 닭 우리에 발이 걸리며 앞으로 고꾸라졌다. 그는 놀라서 딸꾹질을 했고, 수탉도 놀랐는지 꼬꼬댁거리며 날개를 퍼덕였다.

"꺼억, 친구, 얘길 하자고?" 헤르베르트가 트림을 하자 위스키 냄새가 진동했다. 그는 닭장 앞에 쪼그리고 앉았다.

"그렇다면 알아둬야 할 게 있어. 배 위에서 말을 할 수 있는 건 이제 너뿐이야. 딸꾹, 풋내기 선원들은 취해서 벌써 오래전에 나가떨어졌거든."

알렉산드레는 헤르베르트에게로 고개를 돌리고 꼬꼬댁거리며 상냥하게 대답했다.

"무슨 말인지 하나도 못 알아듣겠어." 헤르베르트가 고백했다.

그는 정신을 차리려고 고개를 가로저었다. 하지만 현기증이 일어서 금세 멈추고 말았다. 헤르베르트는 닭 우리의 철창 사이로 손가락 하나를 집어넣고 닭의 목덜미를 쓰다듬었다.

"요놈, 참 기품 있게 생겼네! 넌 이름이 알렉산드레일 거야. 내 말을 믿어도 좋아. 넌 알렉산드레니까."

헤르베르트는 생각을 집중해보려고 눈을 감았다. 그러다가 깜박 잠이 들었다. 그러고는 성실한 수탉이 해를 보고 '꼬끼오' 하고 길게 운 직후에야 잠에서 깼다. 닭의 울음소리에 놀란 그가 중얼거렸다.

"무슨 짓이야? 몇 시인데 그래?"

그는 호주머니에서 회중시계를 꺼내 들고 시간을 확인한 다음, 북쪽 하늘에 뜬 태양을 쳐다보았다. 그는 이해가 된다는 듯 고개를 끄덕였다.

"북극에서 수탉으로 사는 건 예삿일이 아니겠어. 그래도 제 할 일은 하네! 알렉산드레, 넌 역사에 길이 남을 닭이야. 잘생긴 데다가 이렇게 성실하니까."

그는 한차례 주변을 살폈다. 그리고 닭장에 얼굴을 박고 소곤거렸다.

"친구, 난 네가 이렇게 더러운 우리에 갇혀 있는 게 싫어. 여긴 너처럼 예쁜 수탉한테는 어울리지 않아. 네가 닻을 내릴 곳은 여기가 아니거든."

헤르베르트는 철창 문고리를 잡아 올렸다.

"나하고 같이 게스 그레이브로 가자. 거기 가서 마음껏 돌아다니며 한번 폼 나게 살아봐. 흙도 쪼아 먹고,

나랑 친구도 하고, 어때?"

그는 닭장을 열고 수탉을 꺼냈다.

"넌 특별한 수탉이야. 척 보고 알았지. 염병할 놈들이
야, 저 아랫동네 놈들은. 북유럽의 뚱보들이지. 그런 놈
들이 너를 소스에 찍어 먹게 할 수는 없어."

헤르베르트는 수탉을 아노락 속에 밀어 넣고, 살금
살금 갑판 위를 걸어서 보트가 묶인 난간 근처로 다가
갔다.

"친구, 답답하더라도 조금만 참아. 늙다리 헤르베르
트하고 게스 그레이브로 가는 위대한 순간이니까. 앞으
로 신세가 확 필 테니까 걱정은 말고."

헤르베르트는 알렉산드레를 육지로 데려왔다. 그리
고 오두막의 위층 침대에 보금자리를 만들어주었다. 검
은 머리 빌리암이 매스 매슨이 사는 톰슨곳으로 이사를
가기 전에 두 달간 사용한 침대였다.

가을은 별다른 일 없이 조용히 지나갔다. 알렉산드레
는 꼬꼬댁거리며 집 앞을 산책하고, 조약돌을 부리로
물어서 뒤로 힘껏 던지며 건강하게 잘 지냈다. 차츰 북극
의 태양에도 적응을 해서 이제는 하루에 두 번밖에 울지
않았다. 거느릴 암탉들이 없어서 아쉬웠지만, 그는 사리

분별력이 뛰어나서 헤르베르트와 단둘이 사는 것에 만족했다. 특히 기지 대장이 늘어놓는 온갖 종류의 수다를 재미있게 듣는 눈치였다. 헤르베르트가 볼일을 보러 밖으로 나갈 때마다 알렉산드레는 한 단어도 놓치기 싫다는 듯 종종걸음으로 사냥꾼의 발꿈치를 따라다녔다.

겨울이 다가왔다. 몇 차례의 돌풍이 불며 겨울이 시작되는 동안, 알렉산드레는 침대 끝에 웅크리고 앉아서 추위에 깃털을 곤두세웠다. 두툼한 볏도 하얗게 변해서 이리저리 맥없이 쓰러졌다. 그러면서도 노래는 계속했다. 아직은 수평선 너머로 해가 떠올라서였다. 태양이 있는 한 둘은 행복했다.

시간이 지나면서 추위가 기승을 부렸다. 처음에는 피오르가 얼었다. 이어 눈이 내렸고, 바다가 차츰 얼음으로 채워졌다. 부지런히 몸을 움직여야 할 시기였기에, 헤르베르트는 덫을 놓으러 떠났다. 그런 이유로 알렉산드레는 어쩔 수 없이 거의 혼자서 집을 지켜야 했다. 어느 상쾌한 아침에, 헤르베르트는 알렉산드레가 살이 찌고 있다는 걸 알아차렸다.

"알렉산드레, 그렇게 침대에만 있으면 안 돼!" 헤르베르트가 잔소리를 했다. "설마 돼지가 되고 싶은 건 아니지? 날씬한 몸매를 유지하려면 움직여야 해!"

그날 이후로 알렉산드레는 강제로 운동을 했다. 낚싯줄을 꽈서 만든 목줄을 차고 헤르베르트의 손에 이끌려 산책을 다녔다. 그들은 스벤슨의 혹을 한 바퀴 돌고, 고지대의 얼어붙은 호수 위를 거닐었다. 높은 곳에 올라서 차가운 풀에 누운 채 오두막을 내려다보며 풍경을 감상하기도 했다. 맨발이 시리고, 개들의 섬에서 주워온 사냥개마냥 줄에 묶여 이리저리 끌려다니기는 했지만, 알렉산드레는 산책을 좋아했다. 둘이 같이 높다란 곳에 누워서 파노라마로 펼쳐지는 풍경을 감상하다 보면, 헤르베르트는 감상에 젖었고, 그때마다 알렉산드레는 감상벽이 전염된 듯 기지 대장을 향해 다정히 몸을 기댔다.

"알렉산드레, 저 아래 집을 봐! 우리 집이야! 힘이 나지 않아? 우리한테도 집이 있어. 그것도 그냥 벽 네 개에 지붕만 달린 게 아니라, 우리의 생각, 감정, 소망을 지켜주는 진짜 집이지."

그가 사색에 잠겨 내뱉는 이런 말 뒤에는 대부분 폭포처럼 긴 연설이 이어졌다. 검은 머리 빌리암은 과거 연설 때문에 달아났지만 알렉산드레는 싫어하지 않았다. 장광설을 듣다가 발이 얼면 알렉산드레는 갈라진 목소리로 꼬꼬댁거리며 헤르베르트의 아노락 주머니 속으

로 고개를 들이밀었다. 이따금 헤르베르트가 주머니 안에 빵 조각을 숨겨 놓는 걸 알아서였다. 둘은 이렇게 한마음이 되어서 철학을 즐겼다.

"알렉산드레, 검은 머리 빌리암이 어떤 놈인지 알아? 헤르베르트가 설명했다. "검은 머리 빌리암은 나랑 잠깐 같이 살았던 녀석인데, 아무것도 배우려 들지 않았어. 너처럼 노르웨이에서 온 건 맞지만, 이 안에 든 건 별로 없었지."

헤르베르트가 자기 머리를 가리켰다.

"한심한 놈이기는 해도 흉보는 건 아니야. 그렇지만 너도 빌리암이 게스 그레이브에 어울리는 인물이 아니라는 걸 알아야 해. 게스 그레이브는 섬세한 영혼을 위해 존재하는 곳이거든. 이 기지의 주민이 되려면 뭐든 깊이 생각할 줄 알아야 해. 만사에 경이로움을 느낄 줄도 알아야 하지. 그런데 빌리암은 우리처럼 이렇게 가만히 앉아서 생각할 줄을 몰라. 우리 둘하고는 완전히 딴판이지."

헤르베르트는 짧은 담배 파이프 끝을 힘껏 빨았다.

"그렇다고 빌리암을 너무 탓하면 안 돼. 녀석도 분명 최선을 다했을 테니까. 딱한 일이지. 그래도 녀석은 할 줄 아는 게 꽤 많아. 중요한 건 그거야. 녀석은 가죽 손질을 잘해. 상상 이상으로 맛있는 건포도 빵도 만들 수 있고. 자기 자신만 좀 더 챙길 줄 알았다면 좋았을 거야. 내적인 삶 말이야."

겨울이 지나는 동안, 헤르베르트가 게스 그레이브에서 수탉을 동료 삼아 겨울을 난다는 소문이 연안에 퍼졌다. 사냥꾼들은 소문에 큰 관심을 보였다. 이상한 동료에 얽힌 일화는 그린란드 북동부에 이미 많았고, 사냥꾼들 모두 그런 동료로 인한 기괴한 경험을 한두 번쯤은 다 해봤다. 하지만 알렉산드레라는 이름의 수탉을 동료로 두다니! 절대로 예사롭게 넘길 일이 아니었다.

톰슨곳의 매스 매슨과 검은 머리 빌리암은 걱정이 많았다. 괴벽이 있는 남자가 혼자 사는 것도 이상한데, 괴벽을 수탉과 나누며 산다니. 한마디로 큰일이었다. 게다가 수탉에게 알렉산드레라는 이름을 붙여주고, 목줄을 채워 산책까지 다닌다고 했다. 친구로서 가만히 두고 볼 수가 없었다. 짧은 기간이었지만, 게스 그레이브에서 헤르베르트와 같이 살았던 검은 머리 빌리암은 책임감을 느꼈고, 매스 매슨에게 사태가 얼마나 심각한지 현장에 가서 알아보자고 제안했다.

매스 매슨과 검은 머리 빌리암은 겨울밤의 서리 내리는 소리를 들으며 나흘간 여행했다. 두 사람은 지름길로 가기 위해서 바람이 빨래판 모양으로 만들어놓은 눈

길을 따라서 럼 계곡을 가로질렀다. 그런 다음, 얼어붙은 강줄기를 타고 내려오다가 헤르베르트의 오두막에서 불과 몇백 미터 떨어진 곳에서 빙판을 빠져나왔다.

알렉산드레는 방문객들을 실망시켰다. 그는 침대 커퉁이에서 꼼짝도 하지 않고 무관심한 태도로 여행자들을 맞이했다. 반면 헤르베르트는 멀리서 온 두 손님을 열렬히 환영했다. 그는 방문객들을 긴 식탁으로 안내하고, 커피를 끓이고, 노간주나무 열매로 만든 술을 꺼냈다. 두 사람의 방문에 헤르베르트는 진심으로 행복해하는 것 같았다. 통상적인 인사치레가 끝나자마자, 화제가 알렉산드레에게로 향했다. 검은 머리 빌리암이 엄지손가락으로 어깨 너머를 가리키며 물었다.

"저 위에 있는 건 뭐야?"

헤르베르트는 정제 설탕을 건넨 뒤 술을 잔에 따랐다.

"알렉산드레야. 굉장한 녀석이지. 저런 짐승은 처음 봐."

검은 머리 빌리암은 알렉산드레를 조금 더 가까이에서 보기 위해 의자 위로 몸을 일으켰다.

"좀 멍청해 보이는데?" 검은 머리 빌리암이 말했다. "상태도 별로 안 좋은 것 같고."

"하, 하, 멍청하고 상태가 안 좋은 것 같다고?"

헤르베르트는 억지웃음을 지었다.

"여기서 누가 제일 멍청하고 상태가 안 좋은지 한번 생각해볼까?"

헤르베르트는 애정 어린 눈빛으로 사랑스러운 알렉산드레를 바라보았다.

"빌리암, 알렉산드레는 눈부신 지성의 소유자야. 척 보면 모르겠어? 아, 물론 아무나 알아보는 건 아니야. 멍청이 눈에는 뭐든 다 멍청해 보이니까. 보는 사람이 누구냐에 따라 달라지는 거지. 그렇지, 매스 매슨?"

매스 매슨은 말없이 잔에 코를 박고 진하게 풍기는 노간주나무 향을 맡았다.

"빌리암, 알렉산드레는 굉장히 머리가 좋아." 헤르베르트가 말을 이었다. "아마 너 같은 사내 열을 데려다 놔도 당해낼 수 없을걸! 게다가 녀석은 사색가야. 저 위에 앉아서 며칠 동안 밤낮을 가리지 않고 생각도 하고, 철학도 해. 너랑은 정말 다르지. 넌 침대에 앉아서 오랫동안 생각에 잠긴 적이 없으니까."

"내가 침대에 눕는 건 잠을 자기 위해서지, 생각을 하려는 게 아니야." 빌리암이 반박했다. 그러나 그는 말싸움으로는 헤르베르트를 이길 수 없었다.

"내 말이 바로 그거야. 넌 매일 침대에 누워서 목젖이 훤히 들여다보일 정도로 입을 벌리고 코나 고니까. 하지만 저길 봐. 알렉산드레는 가만히 앉아서 생각이란 걸 해. 그게 어떤 건지 아마 넌 모를 거야. 넌 이 방면에는 무지하잖아. 머릿속이 알렉산드레처럼 꽉 차 있지 않으니까."

빌리암은 묵묵히 모욕을 견뎠다. 그는 헤르베르트와 논쟁할 마음이 없었다. 헤르베르트는 머리가 돌아버릴 정도로 말재주가 좋았다. 말로 목을 가글하면 영원히 멈추지 않을 것 같았다.

화제를 다른 곳으로 돌리기 위해 빌리암이 말했다.

"수탉은 어두운 계절을 견디지 못해. 저기 위에 있는 천재도 마찬가지고. 세상의 모든 수탉들은 그런 점에서 다 같아. 아마 어두운 계절이 끝나기도 전에 죽을걸. 내가 만약 너라면, 최대한 빨리 닭 모가지를 비틀어서 수프를 만들 거야. 늙은 수탉은 잡는 시기를 놓치면 말라비틀어져서 닭똥 맛이 나거든. 매스 매슨, 그렇지?"

매스 매슨은 공연히 찻잔에 대고 구시렁거렸다. 평화를 지키기 위한 외교적인 행동이었다. 빌리암과 헤르베르트는 그런 그의 행동을 자신에게 유리한 쪽으로 해석했다. 검은 머리 빌리암이 말을 이었다.

"딱 봐도 햇볕이 부족해 보이잖아. 그게 문제야! 수탉은 해를 못 보면 직장을 잃은 남자처럼 맥아리가 없어져"

"헛소리 좀 작작 해!" 헤르베르트가 반박했다. "알

렉산드레는 단지 겨우살이를 하는 것뿐이야. 겨울에 적
응하는 거지. 그러니까 동정할 필요는 없어. 가만히 있는
것도 생각할 게 많아서 그런 거야. 합리적으로 시간을
활용할 줄 안다고나 할까? 누가 좀 배웠으면 좋겠어."

헤르베르트가 의미심장한 눈빛으로 넌지시 빌리암을
쳐다보았다. 하지만 빌리암은 그런 종류의 암시를 알아
채기에는 천성이 지나치게 단순했다.

"한 가지 확실한 건, 알렉산드레가 관심 없는 일에는
끼어들지 않는다는 거야." 빌리암을 꺾을 요량으로 헤
르베르트가 한마디 덧붙였다. "그래서 우린 각자 떠들
고 싶은 만큼 떠들고, 하고 싶은 만큼 사냥하고, 마음대
로 살면 돼. 알렉산드레와 난 서로를 구속하지 않거든."

"겨울을 나지 못할 거라니까." 빌리암이 쏘아붙였다.
헤르베르트가 아무리 각양각색의 논리를 펼쳐도, 그는
고집스럽게 의견을 바꾸지 않았다.

검은 머리 빌리암과 매스 매슨의 방문은 목적을 이루
지 못했다. 두 사람은 하룻밤만 묵고 게스 그레이브를
떠났다. 으레 며칠씩 묵다 가는 사냥꾼들의 습관에 어
긋나는 일이었다. 두 사람은 수탉을 제거하지 않는 이
상, 헤르베르트의 정신 건강이 좋아질 리 없다고 확신했
다. 둘은 돌아오는 길에 밸프레드와 안톤을 만났다. 빌

리암은 수탉을 놓고 내기를 걸었고, 핌불의 사냥꾼들은 그 즉시 게스 그레이브를 향해 썰매를 돌렸다. 수탉이 장수할 거라고 믿고서 과감하게 15크로네나 건 안톤이 하루빨리 알렉산드레의 안부를 확인하고 싶어 했기 때문이다.

안톤은 알렉산드레를 보자마자 내기에 건 돈을 잃었다고 생각했다. 수탉은 태양이 돌아올 때까지 생존할 가망이 없어 보였다. 하지만 그는 곧 희망을 되찾았다. 헤르베르트가 알렉산드레의 눈부신 자태와, 가끔 꼿꼿하게 서기도 하는 볏, 눈가의 예쁜 오렌지색 테를 언급하며 긍정적인 면을 부각한 덕분이었다.

밸프레드는 묵언 수행자처럼 시종일관 입을 다물고 있던 매스 매슨보다 더 말이 없었다. 그는 집에서 가장 좋은 침대인 헤르베르트의 매트리스를 골라 누운 다음, 곧바로 요란하게 코를 골며 평화롭게 잠들었다. 늘 그랬듯, 긴 여행을 마친 뒤라 그에게는 휴식이 필요했다. 밸프레드는 밥을 먹거나 생리 현상을 처리하러 밖으로 나갈 때를 제외하고는 침대에서 아예 내려오지 않았다.

이따금 헤르베르트가 사냥을 나가면 밸프레드는 알렉산드레와 단둘이 집에 남았다. 그렇다고 그 둘이 서로 대화를 나눈 것은 아니었다. 한쪽은 횃대에 앉아서 철학을 했고 다른 한쪽은 헤르베르트의 이불 속에 누워서 오두막이 쩌렁쩌렁 울리도록 코를 골았다. 그런데 그동안, 둘 사이에 따뜻하고도 묘한 관계가 성립되었다. 밸프레드는 잠에서 깨어나면 알렉산드레에게 고개를 까딱하고 인사를 건넸다. 그에게 수탉은 집 안에서 살아 움직이는 유일한 피조물이자 함께 지내기 편한 동반자였다. 이런 이유로 밸프레드는 헤르베르트의 집에 머무는 동안, 알렉산드레에게 물과 빵을 주려고 이불 밖으로 두 번이나 나오는 기록을 세웠다.

안톤은 게스 그레이브가 마음에 들었다. 배움에 굶주려 있었기에 헤르베르트와 보내는 시간이 마냥 즐겁기만 했다. 헤르베르트는 기대와 달리 교양이 풍부한 사람이 아닐지도 몰랐지만, 놀라운 어휘력과 독특한 사고방식을 지닌 인간임은 틀림없었다. 두 사람은 함께 사냥을 다니고, 여우 덫을 손봤으며, 포획한 사향소 고기를 집으로 가져갔다. 그러는 동안 둘 사이에는 쉼 없이 대화가 오갔다. 대부분은 알렉산드레에 관한 것이었다. 안톤은 알렉산드레에게 큰 관심을 가졌다. 가금류의 장수를 믿고 내기에 큰돈을 걸어서였다. 수탉을 주제로 논쟁을 펼치며, 둘은 자연스럽게 자신들의 철학을 발전시켰다. 안톤과 헤르베르트가 서로의 의견에 귀를 기울이며 다방면에 걸쳐 심도 있는 대화를 나누는 사이, 밸프레드는 늘 그랬듯 집에 남아서 온종일 잠을 잤다.

마침내 핌불의 사냥꾼들이 떠나는 날이 왔다. 안톤은 돌아오는 겨울은 꼭 헤르베르트와 보내겠다고 마음속으로 다짐했다. 그리고 검은 머리 빌리암에게서 15크로네를 빼앗을 상상을 하며 뺨을 발그레하게 물들이고 눈을 반짝였다.

알렉산드레는 큰 무리 없이 1월을 보냈다. 그러나 1월 말쯤에는 눈에 띄게 쇠약해졌다. 2월의 둘째 주가 시작되자 대부분의 시간을 누워서 보낼 정도로 상태가 안 좋았다. '그냥 좀 어지러운 걸 거야. 너무 오래 앉아서 명상을 했으니까. 녀석의 의식 세계는 인간이 상상조차 할 수 없을 만큼 복잡하거든.' 헤르베르트는 생각했다.

그해 겨울은 여느 해와 비교할 수 없을 만큼 추웠다. 밤낮없이 어두운 하늘 탓에 얼마 전까지만 해도 매일 아침 시계처럼 정확하게 '꼬끼오' 하고 울려 퍼지던 닭의 노래도 더는 들리지 않았다. 알렉산드레는 이전의 발랄한 성격과 당당한 자태를 잃었다. 맨발의 온도는 서서히 0도에 도달해서 더는 몸을 지탱하지 못했고, 가끔 갈라지는 목소리로 꾸르륵거리며 실존적 허무감을 표현했다. 헤르베르트는 하루가 다르게 털이 빠지는 알렉산드레의 민낯을 속수무책으로 바라봐야 했다.

"비타민 때문이야." 그가 설명했다. "극야에 비타민을 안 먹으면 괴혈병에 걸리거든. 걸리면 그걸로 끝이야. 가서 단 걸 좀 만들어 올게. 먹으면 겨울용 깃털이 다시 자라날 거야."

헤르베르트는 월귤과 해조류를 빻아서 커피 통에 담아 알렉산드레 앞에 내놓았다. 그러나 알렉산드레는 식욕이 없는지 좀처럼 먹지 않았다. 우울증에라도 걸린 듯, 거의 대부분의 시간을 매트리스 구석에서 납작하게 몸을 웅크리고 앉아 있었다. 몸에서는 역한 냄새가 풍겼다. 헤르베르트는 알렉산드레에게 여우 가죽을 덮어주고 그 옆에 누웠다.

"가엾은 알렉산드레, 너한테 부족한 건 온기야." 그는 알렉산드레가 측은했다. "아직 북극 생활에 적응이 안 된 거지. 그래도 내년에는 조금 더 나아질 거야. 피가 진해지려면 시간이 좀 걸리거든. 날 믿어. 여름이 오면 우리 둘이서 집 안을 샅샅이 살펴보자. 그리고 벽에 뚫려 있는 큰 구멍부터 막자."

헤르베르트는 알렉산드레를 가슴에 안았다.

"살아 있는 모든 것은 적당한 온기를 필요로 해." 그가 다정히 말했다. "안 그럼 얼어 죽어."

그는 말라비틀어진 수탉의 볏을 부드럽게 어루만졌다.

"예전의 예쁜 모습은 사라졌지만, 너무 마음 아파하지는 마. 이것도 다 지나갈 거야. 그럼, 내가 장담해. 너도 알다시피 이건 추위를 타냐 안 타냐의 문제거든. 어떤 사람들은 나처럼 추위에 강하고, 어떤 사람들은 약해. 특히 마른 사람들은 추위에 굉장히 약하지. 그런데 이것 좀 봐! 너는 심각하게 살이 빠졌잖아. 오, 가엾은 알렉산드레!"

수탉은 꾸르륵거리며 알아들을 수 없는 대답을 했고, 헤르베르트의 온기를 느끼며 잠깐 조는가 싶더니, 동의한다는 듯 두 눈을 껌벅였다.

2월 26일은 온종일 얼음처럼 맹렬한 추위가 기승을 부렸다. 바람 한 점 없었지만, 살갗이 에일 정도의 매서운 추위가 게스 그레이브를 강타했다. 폐를 손상시킬 정도로 차가운 공기에, 눈밭에 무리 지어 엎드린 개들도 북슬북슬한 꼬리에 주둥이를 파묻고 들숨을 덥혔다.

2월 26일 정오 직전, 알렉산드레가 혼자 힘으로 일어났다. 그러더니 힘겹게 헤르베르트의 품을 빠져나와서 침대 가장자리로 올라갔다. 헤르베르트는 닭이 바닥으로 떨어지는 소리에 잠에서 깼다. 그가 놀란 눈을 비비며 알렉산드레를 쳐다보았다. 수탉은 뻣뻣한 걸음으로 문을 향해 걸어가고 있었다.

"세상에," 헤르베르트가 중얼거렸다. "알렉산드레가 놀러 나가려나 봐!"

헤르베르트는 침대에서 나와 발뒤꿈치를 들고 새의 뒤를 쫓았다.

"늙은 몸뚱이에 다시 힘이 난 거야?" 그가 우스갯소리를 했다. "됐어, 알렉산드레! 이제 조금만 훈련을 하면 되겠어!"

헤르베르트는 미소를 지으며 네 발로 엉금엉금 기어서 수탉의 뒤를 따라갔다. 알렉산드레가 넘어지면 붙잡아줄 생각이었다.

"한 달만 있으면 날씨가 한결 따뜻해질 거야. 그때 다시 밖으로 산책을 나가자." 헤르베르트가 말했다.

알렉산드레가 문을 향해 곧장 걸어가자, 헤르베르트는 무의식적으로 문을 열었다. 알렉산드레는 문턱 위로 뛰어올랐다. 그리고 고개를 옆으로 꺾으며 겨울옷을 입은 풍경에 시선을 고정했다. 멀리 바다 너머로 오렌지 빛깔의 태양이 희미하게 떠오르고 있었다. 태양이 돌아온 것이었다.

알렉산드레는 몸을 일으켰다. 그런 다음 힘겹게 볏을 세우고, 고개를 뒤로 젖히더니 부리를 열어 공기를 목구멍 안으로 있는 힘껏 들이마셨다. 이어, '꼬끼오' 하고 노래를 불렀다. 알렉산드레의 노래는 세 차례에 걸쳐 반복되었는데, 첫 번째는 힘이 빠진 소리였고, 두 번째는 얼음이 갈라지는 소리가 났다. 그러나 세 번째는 종전의 소리와는 달리 확연히 맑고 우렁차서, 헤르베르트는 눈에 눈물이 고였다. 알렉산드레는 마지막 노래를 부르고 꾸르륵거리며 숨을 몰아쉬었다. 기침도 심해서 내장까지 뱉어낼 기세였다. 그럼에도 불구하고 그는 다시 한번 일어섰다. 꼿꼿하게 두 발을 딛고 서서, 더는 사라지고 없는 꽁지깃을 흔들기 위해 악착같이 몸에 힘을 주었다. 하지만 그것이 마지막이었다. 알렉산드레는 문턱에 쓰러졌고, 그대로 눈을 감았다.

순방

—

비움의 미학

헤르베르트는 순방길에 오르고 싶은 강렬한 욕구를 느꼈다. 이런 종류의 욕구는 1년 중 어느 때고 찾아왔지만, 주로 바깥이 어두워지고 사람의 머릿속 역시 깜깜해지는 겨울에 특히 심해졌다. 헤르베르트는 혼자서 알렉산드레의 부재를 감당하기가 힘들었다. 개 피오스커가 곁에 있었지만, 수탉이 죽은 뒤 그가 느낀 고독감을 덜어주지는 못했다. 헤르베르트는 암울한 망상에 시달렸다. 정체불명의 환청을 듣고 심장이 요동칠 때도 많았다. 그즈음, 그는 아무것도 없는 빈 공간에서 이상한 형상을 보기 시작했다. 외출을 하면 누군가 자신을 따라다니면서 감시한다는 의심이 들었다. 텐트에서 잠을 청한 어느 밤에는 누군가가 그의 귓가에 알아들을 수 없는 말을 속삭인다고 느끼기도 했다. 상당히 심각한 증세였다. 이런 경우, 치료법은 한 가지밖에 없었다. 바로 순방길에 오르는 것이었다.

헤르베르트는 로스만에 사는 로이비크의 집에 가기로 했다. 로이비크도 자기처럼 혼자 살아서, 산 사람과의 교류가 필요하다고 생각했다. 그도 그럴 것이, 로이비크의 쉰 살 생일잔치를 끝으로 벌써 2년째 로스만을 방문하는 사람이 없었기 때문이다. 사실 로스만 근처로 지나간 사냥꾼들이 몇 있었지만 이들은 모두 로이비크를 냉정하고 비사교적인 사람으로 판단했다. 그래서 심각한 우울증에 걸렸거나 위험에 처한 것이 아닌 이상, 괜스레 기지를 방문할 필요가 없다고 여겼다.

베슬 마리호의 올슨 선장도 비슷한 의견을 내놓았다. 그의 말에 의하면 지난 두 해 동안, 배가 보급품을 싣고 도착할 때마다 로이비크는 산으로 달아났다. 이 일로 선장은 로이비크가 혼자 있고 싶어 한다고 결론을 내렸다. 로이비크는 일 처리 하나는 깔끔했다. 겨우내 사냥해 얻은 털가죽은 집 앞에 차곡차곡 쌓여 있었고, 탁자 위에 놓인 연간 보고서 옆에는 선원들을 위한 가양주도 한 병 있었다. 선장은 로이비크가 기지 위쪽 분지를 어슬렁거리거나, 배를 바닥에 깔고 엎드려서 쌍안경으로 선원들을 관찰하는 것을 여러 번 봤다고 말했다.

헤르베르트의 생각은 올슨과 달랐다. 그는 로이비크가 누군가 찾아와주기를 기다리고 있다고 믿었다. 그래서 순방길에 오른 것이었다. 재수 없게도 북동풍을 만났지만, 천만다행으로 그의 곁에는 피오스커가 있었다. 헤르베르트는 피오스커가 목적지까지 길을 잘 안내할 거라고 믿었다. 개 주인만의 생각이기는 했지만, 피오스커는 그린란드 북동부에서 제일 강하고, 제일 영리하고, 제일 잘생긴 개였다. 캐나다의 흰 늑대만큼 몸집이 컸고, 가슴에는 별 모양의 검은 무늬가 있었다. 발은 마가린 통 뚜껑만큼이나 크고, 한쪽 귀는 서 있고, 한쪽 귀는 접혀 있었다. 녀석은 현재 헤르베르트가 가진 유일한 개였다. 알렉산드레가 죽고 얼마 지나지 않아 리에 빙하를 내려오던 길에 다른 개들을 모두 잃었기 때문이다.

피오스커는 작은 썰매를 끌면서 앞장서 걸었고, 헤르베르트는 썰매 자국을 따라 걸었다. 눈보라가 심해서 담배 파이프에 불이 붙었는지도 분간되지 않았다. 그는 고약한 날씨를 향해 욕설을 퍼부으면서 수염에 들러붙은 자잘한 얼음 조각을 떼어냈다. 거친 눈발에 숨쉬기가 힘들었다. 설상가상으로 한쪽 스키마저 부러졌고, 차가운 공기는 목구멍을 찌르며 폐를 파고들었다. 콧방울이 하얗게 언 뒤에야, 그는 로이비크에게 가기로 한 자신의 결정을 후회했다.

헤르베르트는 닷새 만에 로스만에 도착했다. 로이비크의 오두막 굴뚝에서 가느다란 회색빛 연기가 나선형을 그리며 피어오르는 것을 보고 그는 기뻐서 눈물이 날 지경이었다. 헤르베르트는 피오스커를 묶고 현관 앞까지 뛰어갔다.

"어이, 로이비크, 거기 있지?" 그가 외쳤다. "손님이 왔어! 어때, 좋지?"

대답이 없었다. 그는 문을 열고 경이로운 온기가 온몸을 감싸는 실내로 들어갔다.

"로이비크!" 그가 반갑게 소리쳤다.

이번에도 대답이 없기는 마찬가지였다. 로이비크는 무릎을 꿇고 머리를 화덕 속에 집어넣고 있었다.

"로이비크! 손님이 왔다니까!" 헤르베르트가 고함을 쳤다.

로이비크는 여전히 아무 대답도 없이 때가 껴서 반질반질 윤이 나는 바지의 엉덩이를 헤르베르트에게 내민 채 꼼짝하지 않았다.

헤르베르트는 현관문을 닫고 식탁에 앉아서 카미크[*]를 벗었다.

"화덕에 뭐가 떨어져서 찾고 있는 거야?" 헤르베르트가 큰 소리로 물었다. "아니면 머리가 꼈어?"

역시나 돌아오는 대답은 없었다. 대답 대신 로이비크는 굽힌 무릎을 살짝 펴고, 앞으로 몸을 기울여 화덕으로 머리를 더 깊이 밀어 넣었다.

"내가 온 게 싫어?" 헤르베르트가 물었다. "그러면 그렇다고 말해. 지금 당장 가버릴 테니까."

헤르베르트는 실내화 대신 카미크 속에서 양말을 꺼내 신었다.

"여기까지 오느라 얼마나 힘들었는지 몰라. 그래도 혼자 있고 싶다면 말해. 돌아갈게. 고생은 좀 하겠지만 네가 싫다면야 어쩔 수 없잖아."

로이비크는 화덕에 머리를 박은 채 여전히 아무 반응이 없었다.

"혹시 어디가 아파?" 헤르베르트가 갑자기 불안해져

---

* 에스키모 사람들이 신는 방한 부츠.

서 물었다. "아니면 일이 잘 안 풀려? 그래서 그렇게 뜨거운 데 머리를 처박고 있는 거야?"

로이비크는 여전히 말이 없었다. 목덜미를 타고 흐르는 땀줄기만이 화덕 앞에 놓인 양철판에 떨어지며 똑, 똑, 소리를 냈다.

헤르베르트는 씁쓸한 기분이 들었다. 살짝 슬퍼지기도 했다. 손님 대접이 기대했던 것과 영 달랐다. 그는 고된 여행과, 환영받을 생각에 잔뜩 들떠 있던 시간을 떠올렸다. 고작 이런 대접이나 받으려고 눈보라를 헤치며 여기까지 온 것은 아니었다. 그는 갑자기 화가 치밀어 올라서 손님 대접이 엉망이며, 우정 따위는 개에게나 줘버리라고 소리쳤다. 그러다가 너무 외로워서 우울증에 걸린 거냐며 살살 얼러보기도 했다. 하지만 로이비크는 화덕에 머리를 처박고 못 들은 척했다. 헤르베르트가 강제로 끌어내리려고 해도, 밝은 세상에는 더 이상 미련이 없다는 듯 발버둥 치며 완강하게 버텼다. 로이비크는 절대로 화덕 밖으로 머리를 꺼낼 생각이 없어 보였다.

"로이비크, 이건 아니지!" 헤르베르트는 화가 나 소리쳤다. "이제 그만해! 젠장, 하나도 재미없어! 뭐야, 한번 해보자는 거야? 그래? 좋아, 그럼 내가 네 그 대갈통을 노릇노릇하게 구워줄게. 어디, 이래도 안 나오나 보자!"

헤르베르트는 불같이 화를 내며 화덕에서 둥근 열판을 치우고 석탄을 듬뿍 퍼 넣었다. 밸브를 최대한 열고 열판을 제자리에 놓자 공기가 주입되면서 불꽃이 솟아올랐다. 금세 열판이 하얗게 달궈지면서 스테이크를 구울 수 있을 정도로 뜨거워졌다. 그제야 로이비크는 화덕 밖으로 머리를 꺼냈다. 그러고는 한없이 느린 속도로 고개를 쳐들고, 새빨갛게 달궈진 뺨을 손님을 향해 돌리고는 무서운 눈으로 노려보았다.

헤르베르트가 고개를 끄덕이며 미소를 지었다.

"하, 드디어 나왔군! 내가 널 즐겁게 해주러 찾아왔어. 동료가 그리울 거라고 생각했거든."

이 말에도 로이비크는 대답하지 않았다. 대답 대신 거친 발길질로 화덕 밸브를 잠그고 식탁에 앉았다. 입은 여전히 꾹 다문 채였다. 헤르베르트가 앞에 앉아 있는데도 로이비크는 맞은편 회색 벽만 뚫어져라 쳐다봤다.

"그래, 나도 다 알아. 나도 요즘 외롭거든." 헤르베르트가 말하기 시작했다. "알렉산드레가 죽었어. 알렉산드레에 대한 소문은 들었지? 못 들었으면 지금부터 내가 얘기해줄게. 그래, 그게 좋겠네. 알렉산드레는 굉장히 아름답고 영리한 수탉이었어. 지난여름 베슬 마리호에서 훔쳐 온 녀석인데, 태양이 돌아온 날 저세상으로 갔어. 신기하지? 고용주가 돌아온 게 너무 행복해서 죽었나 봐."

헤르베르트는 창 너머 먼 곳을 응시했다. 알렉산드레와의 추억을 떠올리기 위해서였다. 회상을 마치고 그가 말을 이었다.

"한 달 전에는 피오스커만 빼고 개들이 전부 죽었어. 리에 빙하를 내려오던 길에 말이야. 정말 그 말이 맞나 봐. 왜 있잖아, 불행은 혼자 오지 않는다는 말! 그래서 여기까지 올 생각을 한 거야. 우리 둘 다 모국어를 아직 기억하는지 확인도 할 겸."

회상을 마치고 헤르베르트가 말했다.

이 정도 설명이면 로이비크도 알아들었을 법했다. 벙어리에 귀까지 먹은 게 아니라면 말이다. 그런데도 로이비크는 여전히 말이 없었다. 그래도 몇 차례 고개를 끄덕여서 헤르베르트에게 깨알만큼 용기를 심어주기는 했다.

"독주를 좀 가져왔어." 헤르베르트가 다정하게 말했다. "로이비크, 한잔할래?"

로이비크는 고개를 끄덕였다. 찬성한다는 뜻이었다. 헤르베르트는 화덕 위 선반에서 잔을 꺼내고 썰매 자루 안에서 술병을 가져왔다.

"건배할까? 건배!"

"건배!" 한 단어도 너무 길다는 듯, 로이비크가 짧게 대답했다.

다행히 말을 완전히 잊어버린 것 같지는 않았다.

헤르베르트가 본격적으로 수다를 떨기 시작했다. 그는 최대한 많이 떠들기 위해서 최대한 빠른 속도로 말했다. 털어놓고 싶은 이야기가 너무나 많아서였다. 봇물이 터지듯, 오랫동안 쟁여두었던 말들이 한꺼번에 쏟아져 나왔다. 검은 머리 빌리암을 어떻게 동료로 받아들이게 되었는지부터, 같이 사는 동안 일어났던 시시콜콜한 일까지 모두 털어놓았다. 알렉산드레를 회상할 때에는 거의 서정시를 읊었고, 문학 시간이 끝난 다음에는 사냥 이야기를 하면서 자신의 사냥 실력을 끝없이 과시했다. 그동안에도 로이비크는 말 한마디 없었다. 그저 의자에 앉아서 헤르베르트의 어깨 너머를 응시하며 그가 늘어놓는 수많은 이야기를 화주와 함께 들이켰다.

헤르베르트는 밤새 떠들었다. 새날이 밝았는데도 수다를 멈출 기미가 보이지 않자, 로이비크는 자리에서 일어나 고갯짓으로 잘 자라는 인사를 했다. 그런 다음, 매트리스에 누워서 곧바로 코를 골았다.

참으로 요상한 만남이었다. 헤르베르트는 로이비크와 카드놀이를 하면서 여자에 관한 잡담도 조금 나누고, 다른 기지를 험담하기도 하면서 재미있게 지낼 생각이었다. 하지만 로이비크는 말을 거의 하지 않았고, 생각대로 된 것은 아무것도 없었다. 아침에 일어나서 잘 잤냐고 묻고, 밤에 잘 자라고 인사하고, 술을 마시며 건배하는 것 외에는 일절 침묵을 지켰다. 하루하루가 그런 식이었고, 그렇게 일주일이 흘러갔다.

시간이 흐르며 헤르베르트는 더 머물고 싶은 마음이 사라졌다. 이미 일곱 날과 일곱 밤을 떠든 뒤라서 몸도 지치고 목도 쉬었다. 8일째가 되는 날 아침에는 잠에서 깨며 더는 할 말이 없음을 깨달았다. 그러자 불현듯, 고독한 시간이 다시 그리워지기 시작했다. 헤르베르트는 자리에서 일어나 옷을 챙겨 입고, 로이비크에게 나중에 다시 보자며 작별 인사를 건넸다.

"뭐? 나중에 다시 보자고?"

로이비크가 매트리스에서 펄쩍 뛰어오르며 소리쳤다.

"완전 어이가 없네! 난 말 한마디 제대로 꺼내지 못했는데 이렇게 갑자기 떠나겠다고? 이게 대체 무슨 경우지? 일주일간 재워주고, 독주도 같이 마셔주고, 횡설수설 늘어놓는 온갖 잡담을 꾹 참고 들어줬더니, 벌써 가겠다고? 헤르베르트, 이건 아니지. 로스만을 이렇게 쉽게 나가서는 안 되지. 이제 넌 내 얘기를 들어야만 해."

헤르베르트는 당황해서 식탁에 앉았다. 이게 어떻게

된 일일까? 도저히 믿을 수가 없었다. 로이비크가 조리 있게 말을 하고 있었다. 그것도 진짜 사람처럼 말이다.

로이비크의 수다가 시작되었다. 처음에는 사냥에서 얻은 가죽 이야기와 베슬 마리호의 선원들을 골탕 먹이기 위해서 두 번이나 산속에 숨었던 이야기가 나왔다. 이 것으로 올슨 선장이 로스만에 올 때마다 로이비크가 집에 없었던 이유가 밝혀졌다. 이어, 그는 어린 시절과 청소년기를 회상했고, 그다음에는 동침한 여자들을 일일이 열거했다. 아직 살아 계시는 어머니에 관한 사랑과 수년간 함께 겨울을 난 얼간이들에 대한 이야기도 나왔다. 그런 다음에는 그가 왜 스스로를 벗 삼아 혼자 지내는지, 그런 생활이 또 얼마나 만족스러운지를 두고 일장 연설을 펼쳤다.

로이비크는 정성껏 내린 화주를 연거푸 식탁에 올리며 헤르베르트를 꼼짝없이 붙잡아뒀다. 만약을 대비한다면서 창문으로 나가서는, 안에서 문을 열 수 없게끔 밖에서 현관문에 자물쇠를 채우고 창문으로 들어왔다.

로이비크는 온종일 수다를 떨었다. 밤에도 그랬고, 다음 날 정오까지도 그랬다. 이야기를 하는 동안 그는 줄곧 웃음을 터뜨리며 굉장히 즐거워했다. 일주일 전에 화덕 속에 머리를 처박고 벙어리 행세를 하던 사람이라고는 도저히 믿기지 않았다.

헤르베르트는 괴로웠다. 로이비크의 수다 앞에서 그는 이루 말할 수 없는 피로감을 느꼈다. 그는 다시 혼자가 되고 싶었지만 로이비크는 그를 놓아주지 않았다.

"나를 여기에 혼자 두고 도망칠 생각일랑 마." 로이비크가 말했다. "자기 말만 실컷 하고 가버리면 친구들이 뭐라고 하겠어? 내 안에는 아직 밖으로 나와야 할 얘기가 많아. 그리고 친구 얘기를 게으름 피우며 대충 듣는 사람은 나쁜 사람이야. 헤르베르트 넌 나쁜 친구가 아니잖아, 그렇지?"

그래서 헤르베르트는 로이비크의 말을 더 들었다. 헛구역질이 올라와도 참았고, 식은땀이 나고 오금이 저리는 것도 견뎠다. 그러면서 로이비크의 집을 방문한 스스로를 저주했다.

그러던 어느 날, 헤르베르트에게 좋은 생각이 떠올랐다. 로이비크가 위층 침대에서 시끄럽게 떠들어대는 통에 잠을 이루지 못하던 밤이었다. 헤르베르트는 로이비크를 비요르켄과 그의 친구들에게 데리고 가자고 생각했다. 비요르켄보르까지 가려면 여러 날이 걸리겠지만, 로스만에서 갇혀 지내는 것보다는 훨씬 나을 것 같았다.

헤르베르트는 날이 밝자마자 로이비크에게 비요르켄보르까지 동행해주겠다고 말했다. 천만다행으로 로이비크는 흔쾌히 승낙했다.

"헤르베르트, 괜찮은 생각 같아." 로이비크가 썰매를 준비하며 말했다. "곪았던 종기가 이제야 터진 것 같거든. 몇 년간 갈비뼈 밑에 넣고 살던 걸 싹 쓸어내리면 무엇보다 많은 귀가 필요할 거야."

"비요르켄보르에 가서 죄다 털어놓고 와." 헤르베르트가 대답했다.

"맞아, 그리고 완전히 새로운 사람이 되는 거야!" 로이비크가 웃었다. "너무 좋아서 흥분이 돼. 춤까지 추고 싶은 걸."

"춤추고 싶으면 거기 가서 추면 돼. 비요르켄보르에 낯짝이 가진 축음기가 하나 있잖아. 해마다 5월이면 노르웨이 애국가를 틀던 축음기 말이야. 네가 노르웨이 애국가에 맞춰 춤춘다고 해도 아무도 말리지 않을 거야."

로이비크의 얼굴이 환해졌다.

"맞아, 기억나." 그가 말했다. "옛날에 딱 한 번, 사랑스러운 여자와 춤을 춘 적이 있었어. 이름은 생각나지 않지만, 검은 머리카락과 초록색 눈동자는 또렷하게 기억해. 레코드판 재킷에 그 여자가 그려져 있었거든. 머리 끝에서 발끝까지 멋진 여자였지. 나는 레코드판을 전축에 올려놓고서 그녀를 끌어안고 밖으로 나갔어. 그리고 함께 얼음 위에서 춤을 췄지. 눈을 감으면 그녀가 정말로 내 품에 안겨 있는 느낌이 들었어. 그 여자가 귀에 대고 직접 노래를 불러주는 것 같기도 했지."

로이비크가 빙산 너머 허공을 응시하며 속삭였다.

"헤르베르트, 상상이 가? 정말 멋진 여자였어."

두 사람은 왕의 보루에서 밤을 보냈다. 역청을 입힌 골판지를 덧댄 왕의 보루는 종이 상자처럼 보였지만, 나름 간이침대와 화덕이 갖춰진 대피소였다. 그들은 화덕에 불을 붙이고 고기를 삶았다. 끓는 물에 차를 넣고 뜨개 모자를 거름망 삼아서 찻잎을 걸러냈다.

로이비크는 젊은 시절 서쪽 빙산의 베스테리센에서 겪은 일을 밤새도록 길게 늘어놓았다. 평소 같았으면 헤르베르트도 분명히 귀를 기울였을 흥미로운 내용이었다. 하지만 지금은 듣는 것 자체가 고역이었다. 너무 많은 말에 지쳐서 거의 죽을 지경이었고, 대답할 기력도 없었다. 이야기 도중 로이비크가 간간이 따라주는 화주에 의지해 눈만 겨우 뜨고 있었다.

마침내 두 사람의 눈앞에 비요르켄보르가 나타났다. 헤르베르트의 생애에 가장 가슴 벅찬 순간이었다. 헤르베르트는 말없이 채찍을 들어 기지를 가리켰다. 로이비크는 콧수염을 움찔거리며 쉰 목소리로 웅얼웅얼 알아들을 수 없는 말을 했다. 그러더니 몇 차례 고개를 끄덕이고는 눈에 파묻혀 보일락 말락 한 아담한 크기의 빨간색 집을 쳐다보았다.

로이비크를 격려하기 위해 헤르베르트가 간신히 입을 열었다.

"로이비크, 다 왔어. 이제 마음껏 수다를 떨 수 있을 거야."

로이비크는 고개를 끄덕였다. 입술을 달싹이면서 몇 번이나 말을 하려 했지만, 쉰 목소리로 '그래'라고 속삭이는 게 전부였다.

'어라, 이건 또 무슨 조화람?' 헤르베르트는 친구에게로 고개를 돌렸다. 왕의 보루 이후로 로이비크는 말을 거의 하지 않는데, 헤르베르트가 로이비크의 수다에 철통처럼 무감각해져서 눈치채지 못했던 것이다. 로이비크는 겸연쩍은 미소를 지으며 애석하다는 듯 어깨를 으쓱했다. 할 말이 더 이상 남아 있지 않아서였다. 그 많은 말을 용케도 헤르베르트가 깡그리 수거해갔다. 순간, 헤르베르트는 겁에 질린 얼굴로 비요르켄보르를 향해 고개를 돌렸다. 오두막 안에서 펼쳐질 장광설을

상상하자 저절로 몸서리가 쳐졌다.

헤르베르트는 썰매를 세웠다. '워, 워!' 하고 외치자 영리한 피오스커가 곧바로 걸음을 멈추었다. 헤르베르트처럼 로이비크도 '워, 워!' 하고 썰매를 멈췄다. 그러자 그의 개들도 피오스커 옆에 멈춰 섰다. 두 사내는 잔뜩 겁에 질린 표정으로 비요르켄보르의 오두막을 바라보았다. 그리고 누가 먼저라고 할 것도 없이, 철학으로 무장한 비요르켄의 끝없는 연설을 떠올렸다.

헤르베르트는 몸을 녹이려고 허벅지를 문질렀다.

"어떻게 할 거야?" 그가 물었다.

로이비크는 뭐든 대답하려고 했지만 한마디도 나오지 않았다. 그는 유감이라는 듯 어깨를 한 번 으쓱하고는 바다표범 가죽으로 만든 벙어리장갑에 코를 풀었다. 그러고는 고개를 가로젓고, 개들의 머리 위로 채찍을 휘둘러 썰매를 돌린 다음, 썰매 위로 뛰어올랐다. 그리고 천천히 비요르켄보르를 벗어났다. 그는 벌써 따뜻한 아노락 모자에 머리를 파묻고 평화로운 침묵을 만끽하고 있었다.

헤르베르트가 미소를 지으며 피오스커에게 소리쳤다 "머쉬, 머쉬*!" 캐나다에서 온 단어라 그런지 어감이 좋았다. 헤르베르트는 빨간색 오두막을 중심으로 커다랗게 원을 그리며, 게스 그레이브를 향해 썰매를 돌렸다.

---

* mush. 캐나다에서 개를 몰 때 내는 소리로, 개 썰매 여행이라는 의미가 있다.

역사 속으로 들어가다

―

바지 수선을 하면서 역사를 논하는
비요르켄과 갑자기 나타난 곰

"언젠가 내가 카미크를 벗게 되면,* 이 바지를 북극 연
구소에 기증할 생각이야." 비요르켄이 라스릴에게 말했
다. "그러면 사람들이 돈을 내고 내 바지를 구경하겠지?
좀먹지 않게 치즈 덮개를 씌워 걸어둔 바지를? 이 시대의
북극 사람들이 어떤 바지를 입었는지 보려고 말이야. 나

―

* 카미크는 에스키모 사람들이 신는 방한 부츠로, '카미크를 벗다'라는 표현은
죽음을 의미한다.

중에는 내 바지도 우리와 함께 역사의 한 부분이 될 거야. 어쩌면 세계문화유산이 될지도 몰라."

비요르켄은 식탁에 앉아 있었다. 코 위에 동그란 모양의 자그마한 안경을 걸치고, 혀끝을 오른쪽 윗입술 밖으로 내민 채였다. 비요르켄은 키가 크고 피부가 밀가루처럼 뽀얀 사내였다. 6년 전 톰슨곶에서 벌어진 큰 싸움 이래로 아무도 그를 때리지 않았지만, 그는 늘 누군가에게 얻어맞은 얼굴을 하고 있었다. 그에겐 범고래라는 별명도 있었는데, 시든 배춧잎처럼 턱까지 늘어진 한쪽 귀와 몽땅 부러진 윗니 때문에 붙여진 것이었다.

비요르켄은 바지를 수선하고 있었다. 털을 제거한 바다표범 가죽을 검은색 양털 모피에 덧대고 구리 징을 정성껏 박았다.

"그렇게 되면" 그가 선언했다. "우리도 세계의 위인들처럼 교과서에 실릴 거야."

라스릴이 고개를 끄덕였다.

"네, 틀림없이 그렇게 될 거예요. 그런데 애들이 교과서에 나오는 수많은 이름과 연도를 외우는 건 불쌍해요. 우리에 대한 것도 더해지면 외울 게 더 늘어나잖아요. 결국에는 다 까먹어버릴 걸 왜 암기하게 한대요? 어쨌든 내 이름이 따로 언급되는 일은 없을 거예요. 그래도 대장과 밸프레드, 빌리암과 백작의 이름은 분명히 교과서에 실릴 거예요.”

“아냐, 라스릴, 틀림없이 너도 몇 줄 나올 거야.”비요르켄이 아량을 베풀었다. “그때가 되면, 저 아랫동네의 역사가 끝나서 교과서에 우리 모두를 실을 자리가 생길 거거든. 아랫동네의 역사는 죄다 똑같아져서 여담 속 한 줄이면 충분할 테니까. 라스릴, 내 말대로 될 거니까 잘 기억해둬. 사람들은 지금까지 써온 역사가 처음부터 끝까지 여백을 메우는 일에 불과했다는 걸 깨달을 거야. 수다를 떠는 것과 다를 게 없다는 것도 알게 될 테고, 배울 게 하나도 없다는 것도 알게 되겠지. 그때는 북극으로 눈을 돌릴 수밖에 없을 거야. 곤경에 처했을 때마다 늘 그렇게 해왔거든. 왜냐고? 여기에 표본이 있어서야. 내가 장담하는데, 나하고 너, 낮짝, 그 밖의 다른 기지의 사냥꾼들은 모두 세계사의 훌륭한 표본이야.”

비요르켄은 마지막 문장이 자유롭게 공기 중을 떠돌아다니다가 널리 퍼지기를 바랐다. 그러나 라스릴에게는 이르지 못한 듯했다.

“세계사의 표본이란 말이 무슨 뜻이에요?” 라스릴이 물었다.

“말 그대로 이해하면 돼.” 비요르켄이 자신의 마지막

문장을 다시 허공으로 돌려보냈다.

그는 능숙한 망치질로 마지막 징을 박았다.

"저 아래 사람들은 늘 진창 속을 헤매. 제 할 일도 못하면서 남의 일에 참견하느라 바쁘지. 그런 걸 두고 정치라고 부르면서. 실제로 대다수의 사람이 정치를 하기도 해. 자기들이 하는 정치가 세계사를 써 내려간다고 믿고. 대단한 착각이지. 그따위 세계사는 차라리 똥 닦는 종이로 써버리라고 해. 그럼 최소한의 쓸모는 있는 거니까."

비요르켄은 불빛에 바지를 비춰보며 만족스러운 듯 고개를 끄덕였다.

"끝났다. 다시 예뻐졌어. 새것이라고 해도 믿겠는걸."

"비요르켄, 아랫동네 사람들이 쓴 그 세계사라는 거 말이에요. 그게 어디에 필요한 거예요?" 라스릴이 물었다.

라스릴은 젊었고, 지식의 장을 넓히는 데 관심이 많았다. 연안에서는 아직 신참이라 비요르켄과 낮짝의 집에서 견습생 비슷한 역할을 하고 있었다.

"아무짝에도 필요 없어." 비요르켄은 학자처럼 대답했다. "서로 헐뜯고, 전쟁한 걸 죄다 기록해놓은 게 세계사니까. 염병할, 그런 짓거리로 정말 뭔가를 배울 수 있다면 지금이라도 당장 내가 내 모가지를 비틀 거야. 라스릴, 세계사란 온갖 전장에서 벌어진 살육을 애국심이나 명예 나부랭이로 포장해놓은 두꺼운 책이야. 평범한 사람들의 삶은 몇 줄밖에 안 적혀 있어."

그가 꼬질꼬질하고 길게 늘어난 속옷이 쌓인 더미로 손을 뻗었다. 전부 다 여분의 바다표범 가죽을 필요로 하는 것들이었다.

"라스릴, 여기 사는 우리가 세상의 기원이야. 먼 옛날 빙하기 때 살았던 유인원과 같은 거지. 그들도 우리랑 똑같은 조건 속에서 사방팔방 뛰어다녔잖아. 우린 여전히 그들처럼 사냥을 하면서 즐겁게 살아가고. 그래서 우린 진화 과정을 모두 거친 인류인 동시에, 진화하기 전의 최초의 인간인 셈이지. 무슨 말인지 알겠어?"

"아니요." 라스릴이 솔직하게 대답했다.

그는 비요르켄의 말을 한 단어씩 천천히 곱씹어보았다. 그래도 무슨 말인지 의미를 파악하기가 힘들었다. 비요르켄의 연설을 처음부터 다시 꼼꼼하게 되짚어본 뒤, 마침내 그가 고개를 끄덕였다.

"이제 거의 이해한 것 같아요."

"좋아."

비요르켄은 수선을 마친 바지에 긴 다리를 집어넣었다.

"진실은, 우리 말고는 아무것도 남지 않는다는 거야.

우린 보호구역에 사는 인류의 마지막 보루이고, 그건 누가 뭐래도 변하지 않는 사실이니까. 하지만 저 아랫것들은 언젠가 무너지게 되어 있어. 그때가 되면 우리가 그들에게 길을 보여줄 거야. 떨거지가 된 아랫동네 놈들에게 훌륭한 본보기가 되는 거지."

비요르켄은 엄숙한 표정으로 고개를 끄덕였다.

"라스릴, 정치는 여우 새끼들이나 하는 거야. 똑똑한 놈들과 멍청한 놈들이 한통속이 되는 걸 민주주의라고 부르는 거고. 물론 아랫마을에도 아직 사냥꾼들은 있어. 하지만 놈들이 하는 사냥은 버러지 같은 짓거리야. 그 사냥의 성과도 세계사와는 어울리지 않지. 반대로 우리는 역사의 중심에 서 있어. 몽둥이를 든 조상들과 같은 길을 걷고 있으니까. 우린 맞지도 않는 신발을 신고 굳은살이 박인 발로 제자리걸음만 하는 저 아랫것들과는 다르거든."

라스릴은 마지막 이야기가 제대로 와닿지 않아서 다시 한번 생각할 시간을 가졌다.

"비요르켄, 그 걸음에 관한 얘길 어떻게 이해하면 되지요?"

비요르켄이 손가락으로 좁고 긴 자기 두상을 가리키며 말했다.

"어떻게? 어떻게라니? 그건 이 안에서 이뤄지는 거야. 머릿속에서 이해하는 거라고! 라스릴, 있는 그대로의 모습보다 더 낫게 보이려고 애써서는 안 돼. 자연은 이탈자를 아주 싫어하거든. 강풍에 낯짝을 들이미는 것만큼 무모한 짓이지."

비요르켄의 대답에 라스릴은 사기가 완전히 꺾였다. 라스릴은 이해하는 것을 포기하고 낯짝에게로 관심을 돌렸다.

"그런데 낯짝은 어디에 있죠?" 라스릴이 물었다.

"낯짝? 아, 그래, 맞아! 좋은 예를 두고 깜빡했네." 비요르켄이 대답했다. 그는 역사에 관한 연설을 그만둘 마음이 없어 보였다. "낯짝은 안경을 잃어버리기 전까지는 최고의 사냥꾼이었어. 그런데 안경을 잃어버린 순간부터 녀석의 삶에 어둠이 덮쳤지. 사냥꾼이 안경을 잃어버리는 걸 자연은 용납하지 않거든."

"어쩌면 개들과 같이 있을지도 몰라요." 라스릴이 말했다.

비요르켄은 언젠가 세계문화유산이 될, 멋지게 수선을 마친 바지를 입고 창가로 다가갔다.

"그래, 잼을 갖고 개들에게 가 있을 거야. 네가 낯짝한테 배워야 할 점은 녀석이 제때 친구를 만들 줄 안다는 사실이야. 살다 보면 다른 누군가에게 의지해야 할 순간이 오거든. 그럴 땐 개들이 제법 쓸모가 있지. 어쨌든 낮짝은 빨리 안경을 새로 구해야 해. 안 그러면 네발 달린 친구들이 달려들어서 녀석을 흔적도 없이 먹어치울 거야. 아니, 어쩌면 뼛조각 몇 개는 남겨둘지도 몰라. 비스킷 상자에 담아서 묻어주라고. 그렇게 우린 다시 역사 속으로 들어가는 거고.”

라스릴은 자연으로 눈을 돌렸다. 어둠이 짙어서 박공에 매달린 페트로막스 램프의 불빛 너머로는 아무것도 보이지 않았다. 하지만 목줄을 맨 개들 근처에 낮짝이 있는 것은 보였다. 낮짝은 커다란 갈색 항아리를 옆구리에 끼고, 다 자란 개들의 머리를 더듬어서 누가 누구인지 확인했다. 그런 다음, 개들의 주둥이 속으로 월귤 잼을 한 주먹씩 넣어주었다. 낮짝은 개를 무척 좋아해서 안경을 잃어버리기 전에도 개들에게 잼을 만들어서 먹였다. 전에는 보름에 한 번 주던 것이 안경을 잃어버리고 앞이 거의 보이지 않게 되자 이틀에 한 번으로 늘어났다. 낮짝은 라스릴에게 월귤을 따달라고 자주 부탁했고, 라스릴이 월귤을 따 오면 럼주와 설탕을 부어 월귤을 절였다. 낮짝이 만든 월귤 잼은 향이 굉장히 짙어서 개들이 무척 좋아했다.

"낮짝은 안경 없이 뭘 보는 걸까요? 그건 신만이 알 겠죠?" 라스릴이 속삭였다.

"아마 성난 바다코끼리와 죽은 빙어조차 구분하지 못할걸." 비요르켄이 중얼거렸다. "문고리를 만져보지 않으면 우리 집도 못 찾으니까."

"앞이 안 보이는데 저렇게 혼자 산책을 다니게 놔둬 도 될까요?"

"그럼, 되고말고. 그게 왜 안 된다고 생각하지?"

비요르켄이 눈을 치켜뜨고 라스릴을 흘겨보았다.

"못 본다고 해서 밖으로 나가는 걸 막을 수는 없어. 창고에 가두거나 침대에 묶어둘 수도 없는 노릇이고, 안 그래? 낮짝이 나간다는 걸 내가 무슨 수로 막아? 낮짝 은 혼자서도 뭐든 다 잘해. 앞이 안 보이는 거 빼고는 다 괜찮으니까."

"그래도 혹시 모르니까 돋보기를 갖고 다니라고 하 면 어떨까요?" 라스릴이 제안했다.

"말도 안 되는 소리! 그러다 그것까지 잃어버리면 어 쩌려고? 돋보기는 집 안에 있어야 해. 그래야 요리도 하 고, 칼질도 하고, 그나마 집에서 뭐라도 할 거 아니야."

비요르켄은 식탁 위에서 문제의 돋보기를 집어 들었 다. 돋보기는 그가 몇 년 전 독일 지질학자에게서 훔친

것이었다.

"그리고 이건 굉장히 특별한 물건이야." 그가 라스릴에게 말했다. "그래서 잃어버리고 싶지 않아. 손에 쥘 때마다 돋보기를 손에 넣던 순간이 떠오르거든. 이걸 잃어버리면 그 기억도 사라질 거야. 낯짝도 실내에서는 돋보기 없이 살 수 없어. 낯짝의 목숨이 이 돋보기 하나에 달린 셈이지. 이게 없으면 녀석은 쓸모없는 사람이 되고 말아. 쓸모없는 사람이 되면 친구들이 녀석을 기생충이라고 부르면서 굉장히 싫어하겠지. 친구들에게 미움을 사면 우울해지고, 우울해지면 변덕을 부리다가 정신이 이상해질 거고. 그러니까 돋보기는 실내에 있어야 해."

라스릴은 감탄하며 비요르켄을 쳐다보았다.

"비요르켄은 말을 정말 잘하는 것 같아요." 그가 말했다. "듣고 있으면 머리가 띵해져요."

"외딴곳에 살면서도 생각이란 걸 하는 사람이 있지." 비요르켄이 대답했다. "생각을 할 때 우리는 비로소 위대해지는 거고. 라스릴, 알겠어?"

"비요르켄, 사실은 나도 덫을 살필 때 생각을 해요." 라스릴은 말의 의미를 명확하려고 심혈을 기울였다. "정해진 순서에 따라서요. 아침에 개들을 매어놓으면서 그날 하루 생각할 주제를 정하거든요."

"합리적인데?"

비요르켄은 고개를 끄덕였다. 그가 너그러운 얼굴로 라스릴을 바라보았다. "라스릴, 뭐든 끝까지 파고드는 건 중요한 거야."

젊은 사냥꾼은 고개를 숙이고 식탁 위에 시선을 고정했다.

"그게 바로 문제예요. 난 항상 뭔가를 조금씩 놓쳐요. 재능이 없어서 그런가 봐요." 라스릴이 속삭이듯 말했다.

"그게 무슨 말이야? 좀 더 구체적으로 설명해봐." 비요르켄이 물었다.

"그러니까, 예를 들면 이런 거예요. 개들을 묶으면서 오늘은 커피라는 주제에 대해 생각하기로 마음을 먹어요. 그리고 이렇게 다짐하죠. 라스릴, 오늘은 다른 생각 말고 커피 생각만 하는 거야! 시작은 늘 좋아요. 그런데 썰매에 오르기도 전에 커피가 도망을 가버려요. 커피를 떠올릴 때마다 난 제일 먼저 커피콩을 빻는 기계 안에서 둥글고 작은 알갱이들이 부서지는 걸 상상해요. 그런데 그때 하필이면 방앗간을 하는 삼촌이 떠올라요. 힘센 삼촌이 밀가루 포대를 양손에 하나씩 든 걸 상상하다 보면, 이번에는 또 우르수스가 떠올라요. 우르수스는 고향 마을의 서커스 단원이었는데, 녀석도 힘이 셌거든요. 서커스장 근처에는 회전목마가 있었고, 열 번을 타면 한 번은 공짜로 탈 수 있었어요……."

라스릴은 고개를 들고 미안한 표정으로 비요르켄을 쳐다보았다.

"이제 무슨 말인지 알겠죠? 매번 이렇게 멀리까지 가요. ……그런데 내가 처음에 무슨 얘길 했었지요?"

"커피." 비요르켄이 한숨을 내쉬었다.

"맞아요, 커피! 늘 이래요. 생각이 너무 멀리까지 흘러가서 처음 생각하기로 마음먹은 커피로 돌아가지 못해요. 언제나 이런 식이에요."

비요르켄은 어깨를 으쓱했다.

"너 같은 사람들에겐 자주 일어나는 일이야." 비요르켄이 말했다. "네게 부족한 건 집중력이고, 집중력은 사는 데 꼭 필요하지."

비요르켄은 개들을 향해 시선을 돌렸다.

"저기 있는 낯짝도 집중력이 모자라는 건 마찬가지야. 하지만 녀석에겐 스스로를 역사인 존재로 만들어주는 다른 뭔가가 있어. 낯짝도 그 점을 잘 활용하지. 놈은 아무것도 무서워하지 않거든. 그렇다고 무모한 건 아니야. 낯짝과 내가 짝을 이루면 완벽한 사냥꾼이 돼. 그래서 우리가 이렇게 오랫동안 같이 지낼 수 있었던 거고."

그들은 식탁에 앉아서 한동안 휴식을 취하며 각자의 생각에 빠져들었다. 라스릴은 커피에 대해 생각했다. 먼저 그는 커피 알갱이의 갈색빛을 떠올렸다. 그러자 생각은 어느새 막달레네라는 이름의 처녀에게로 옮겨갔다. 막달레네는 스코레스뷔순에서 그가 반한 여자였다. 그녀는 생각만으로도 기분이 좋아지는 아름다운 갈색 눈동자와 머리카락을 갖고 있었다.

비요르켄은 세계사를 생각했다. 그것이 지금 그를 사로잡는 주제였기 때문이다. 거친 나무 벽 위로 커다란 그림자를 드리우며, 두 사람은 각자의 생각 속으로 깊이 빠져들었다. 한참이 지나서야 개들이 흥분해서 짖는 소리를 알아챌 정도였다.

"무슨 소리지? 낯짝이 개들한테 잡아먹히고 있는 거 아냐?"

비요르켄은 벌떡 일어나서 강 하구로 난 주방 문으로 뛰어갔다. 램프의 희미한 불빛 아래로 낯짝과 개들이 보였다. 어린 곰 한 마리가 낯짝의 갈색 항아리 앞에서 목을 길게 빼고 흔드는 것도 보였다. 개들이 곰을 보고 짖는 소리를 뚫고, 낯짝의 말소리가 들려왔다.

"넌 누구니? 우리 개는 아닌 것 같은데!"

낯짝이 항아리에서 손을 뺐다.

"너처럼 다 큰 녀석도 이런 걸 좋아하는 거야?"

낯짝은 럼주 향이 풀풀 나는 월귤 잼 한 주먹을 곰의 입에 넣어주었다.

"그래, 알았어. 오늘은 너도 줄게. 하지만 절대로 다시 오지는 마. 분명히 말하지만 이건 우리 개들을 위한 거거든."

곰은 허겁지겁 잼을 먹었다. 낯짝의 손을 어찌나 정성 껏 핥는지, 손가락은 물론 손바닥과 손등의 때가 다 벗겨져서 눈이 부실 정도였다.

"헤, 헤, 내가 만든 특별식이 그렇게 좋아?" 낯짝은 웃으며 곰에게 다시 한 주먹의 잼을 먹였다.

비요르켄은 총을 집어 들고 탄환을 장전했다. 그리고 문 아래 틈으로 총구를 내밀어 곰을 조준했다. 그가 라스릴에게 속삭였다.

"라스릴, 이 상황을 머릿속에 잘 새겨둬. 좀 전에 내가 말하려고 했던 게 바로 이거니까. 낯짝은 지금 세계사의 한 페이지를 쓰고 있어."

비요르켄은 곰의 머리를 겨누고 부드럽게 웃었다.

"하, 하! 아랫마을 것들은 늘 시끄럽게 싸우면서 자

기들이 모든 걸 발명했다고 큰소리치지. 자기들이 원하면 못 하는 게 없다고 잘난 체하면서. 하지만 그들 중 누구도 여기 있는 낮짝처럼 맨손으로 곰에게 먹이를 주지는 못할 거야. 죄다 겁쟁이들이니까. 빌어먹을, 라스릴, 잘 봐. 이게 바로 진짜 세계사라는 거야."

라스릴은 휘둥그레진 눈으로 강 쪽을 바라보았다.

"낮짝이 곰을 목줄이 풀린 개라고 생각하나 봐요!" 라스릴이 쉰 목소리로 속삭였다.

"낮짝은 아무것도 생각하지 않아." 비요르켄이 중얼거렸다.

그가 검지를 구부리고 조심스럽게 방아쇠를 당겼다. 총소리에 겁을 먹은 개들이 마구 짖어대기 시작했고, 곰이 몇 바퀴 회전하면서 낮짝의 손에 들려 있던 항아리가 바닥에 떨어졌다. 곰은 고약한 기침을 내뱉으며 눈밭에 쓰러지더니 그대로 즉사했다.

낮짝은 허리를 구부리고 더듬거리며 떨어진 항아리를 찾았다. 그가 뒤도 안 돌아보고 집을 향해 소리쳤다.

"비요르켄, 잘 쐈어! 새끼 양처럼 순한 놈이기는 했지만 얼마나 세게 핥아대던지 손이 다 짓무를 뻔했거든."

그리고 개들에게 외쳤다.

"우리 아기들, 오늘은 더 줄게. 자, 먹어, 잼이야!"

문신 예술가

—

예술에 투자를 한다는 것

　미스터 요엔손은 도착하자마자 큰 파란을 일으켰다. 그는 머리에 펠트 모자를 쓰고, 왼손에는 법랑 커피포트를, 오른손에는 천으로 된 여행 가방을 들고 톰슨곳에서 하선했다. 검은색 양복에 검은색 셔츠를 입고, 목에는 흰색 넥타이도 매고 있었다. 두 발에는 끝이 뾰족한 망사 신발이 신겨져 있었고, 입안에는 수많은 금니가 번쩍였다. 북극권에서는 보기 드문 부유한 모습이었다. 이런 그의 외양은 톰슨곳과는 전혀 어울리지 않았다.

기지 대장인 매스 매슨도 요엔손에 대해 다르지 않은 평가를 내렸다. 그는 미래의 조수를 확인하자마자, 세상을 잃은 사람처럼 욕설을 퍼부으며 짐을 꾸리기 시작했다.

"저 아랫마을 놈들이 이제 갈 데까지 갔나 보군." 매스 매슨이 중재를 하려고 서둘러 배에서 내린 올슨 선장을 보고 으르렁거렸다. "내가 저런 석유왕 같은 놈을 쳐다보며 겨울을 날 수 있을 거라고 생각한 거야? 저 꼭두각시를 돌려보내든가, 나를 데려가든가, 둘 중 하나를 선택하라고 해."

선장은 공정한 사람이었다. 그래서 미스터 요엔손을 가까이서 살펴보고는 군말 없이 매스 매슨의 손을 들어주었다. 그는 북극에서 오래 체류할 경우 겪을 수 있는 온갖 위험을 들먹이며 미스터 요엔손을 설득하려 들었다. 하지만 미스터 요엔손은 요지부동이었다. 그는 자기가 회사와 이미 1년 계약을 맺었으며, 어떤 말을 해도 마음을 바꾸지 않을 거라고 말했다. 게다가 자기는 계약을 맺어놓고 저버리는 사람은 아니라면서, 사냥꾼이라는 직업에 관심이 많고, 직접 배우고 싶다고 덧붙였다. 그래서 그는 되돌아가지 않았다. 떠난 사람은 오히려 매스 매슨이었다.

매스 매슨의 사퇴로 그의 조수였던 검은 머리 빌리암이 기지의 임시 대장으로 임명되었다. 빌리암은 다가올 겨울 동안 요엔손을 죽이지 않도록 최선을 다해 노력하겠다고 선장에게 약속했다. 얼떨결에 기지의 책임자가 된 검은 머리 빌리암은 새로운 동료와 함께 뱃머리로 얼음을 부수며 떠나가는 베슬 마리호에게 작별 인사를 했다.

곧 미스터 요엔손이 보기보다 괜찮다는 사실이 밝혀졌다. 생각과 달리 그는 재미있는 사내였다. 일본과 미국에 가본 적도 있었고, 다방면에 걸쳐 제법 심도 있는 대화를 나눌 줄도 알았다. 요엔손은 문제의 양복만은 고집스럽게 벗지 않았는데, 본인의 설명에 의하면 아무리 북극이라고 해도 포기할 수 없는 자기만의 스타일이 있어서였다. 그 스타일에는 법랑 커피포트로 끓인 커피만 마시는 괴벽도 포함되어 있었다. 이러한 미스터 요엔손의 괴벽은 연안 어디서든 눈에 띄지 않고 그냥 넘어가는 법이 없었다. 가을이 가고, 강풍이 매서운 추위를 몰고 오자, 검은 머리 빌리암은 요엔손을 설득해서 아노락 모자 안에 들어갈 만큼 펠트 모자챙을 잘라내는 데 성공했다. 요엔손이 늘 신고 다니던 망사 신발도 고래기름을 먹인 부츠로 바꾸게 했다. 빌리암은 그제야 미스터 요엔손이 이치에 맞는 동료가 되었다고 생각했다.

그렇다고 미스터 요엔손의 특이한 점이 옷차림이나 외국 여행담, 도저히 자연에 적응할 가망이 없는 성격에서 발휘된 것은 아니었다. 그가 연안의 주민들을 감동시키며 유명해진 것은 문신을 새기는 탁월한 재능 덕분이었다. 그가 가져온 회색 여행 가방 속에는 물감으로 채워진 작은 병 몇 개와 바늘, 조그만 망치가 들어 있었다. 모두 고객이 원하는 신체 부위에 아름다운 문신을 새기는 데 필요한 도구들이었다.

당연한 일이었지만, 요엔손은 검은 머리 빌리암을 첫 고객으로 사업을 시작했다. 빌리암의 살결은 떠돌이 집시 아이들처럼 곱고 부드러웠다. 그런데도 그는 굳이 피부에 딱지를 앉혀가며 예쁘게 꾸미고 싶어 했다. 그는 요엔손에게 붉은색 하트와 불타는 화살을 새기고, 파란색으로 커다랗게 '엄마'라고 써달라고 부탁했다. 그는 모친의 이름도 몰랐지만, 하트 모양의 문신이 언젠가 자신을 어머니에게 데려다줄 것이라고 믿었다.

상처가 흉터로 바뀌자마자, 빌리암은 걸핏하면 소매를 걷어 올리고 하트 모양 문신을 살펴보며 감탄했다. 그는 평소에도 어머니에 관한 생각을 많이 했는데, 문신을 하고 난 뒤로는 예전보다 훨씬 쉽게 어머니를 상상할 수 있었다. 문신이 마음에 쏙 들었던 빌리암은 9월 말이 되자 보트를 타고 미스터 요엔손과 함께 여행을 떠났다. 친구들에게 자기 팔을 보며 감동할 기회를 제공해주기 위해서였다. 두 사람은 긴 해안을 따라 내려갔다.

그들은 첫 번째로 마그누스 폰 베일을 만나러 갔다. 그는 귀족이어서 모두가 그를 백작이라고 불렀다. 백작은 감자와 호밀을 경작한답시고 몇 해 전부터 그로버만의 기지 앞에 작은 밭을 개간해온 괴짜였다. 그는 귀족답게 언제나 식탁 위에 식탁보를 깔고 손님들에게 음식을 대접했고, 식사 시에는 절대로 사냥용 칼을 사용해서는 안 된다며 손님들에게 포크와 나이프를 써달라고 당부했다. 백작의 집을 방문하는 손님들은 머무는 동안 각자 먹을 고기를 들고 갔다. 백작에게는 밭을 경작하느라 사냥할 시간이 거의 없었기 때문이다. 식사에는 늘 열매와 꽃잎으로 담근 술이 곁들여졌다. 백작은 자기가 담근 술을 고급스러운 라벨이 붙은 병에 담아서 손님들에게 대접했다.

검은 머리 빌리암은 도착하자마자 백작에게 동료를 소개했다.

"이쪽은 미스터 요엔손, 지금 나랑 같이 사는 동료야. 일본과 미국까지 다녀온 친구지. 그러니까 괜히 폼 잡을 생각은 마."

백작은 등을 꼿꼿하게 세우고 고개만 까딱하며, 미스터 요엔손에게 만나서 영광이라고 말했다.

"맞아, 영광이고말고." 빌리암이 요엔손을 치켜세웠다. "그는 예술가거든. 진짜야."

빌리암이 소매를 걷어 올려서 팔뚝을 내보였다.

"백작, 이걸 봐, 어때?"

백작은 하트를 주의 깊게 살펴본 뒤, 고개를 옆으로 기울이며 감탄했다.

"오, 예쁜데! 빌리암, 꽤 아름다운 문신이야. 그런데 이건 어떻게 한 거야?"

"요엔손이 새겨줬어." 검은 머리 빌리암이 대답했다. "내가 예술가라고 그랬잖아. 이제 무슨 말인지 알겠지? 하트를 새기니까 엄마랑 조금 더 가까워진 기분이야. 백작, 너도 하나 해달라고 해. 잘 어울릴 거야."

백작은 고개를 가로저었다. 그에게는 문신으로 몸뚱이를 장식하는 것보다 훨씬 중요한 일이 많았다.

"가슴에 감자나 호밀밭을 예쁘게 그려달라고 해." 빌리암이 제안했다. "요엔손, 그 정도는 쉽지?"

미스터 요엔손이 미간에 주름을 잡고 생각에 잠겼다.

"가진 도안은 없지만, 상상력을 조금만 발휘하면 할 수 있겠어." 그가 말했다. "물론 샘플이 있다면 더 좋겠지만."

"백작, 봤지? 요엔손은 뭐든 할 수 있어. 호밀을 한 다발 새기고, 그 위에 감자를 500그램만 새겨달라고 해. 색을 넣으면 정말 볼만할 거야."

"나한텐 딱히 필요한 것 같지 않아." 백작이 정중하게 거절했다.

그래서 그들은 잠시 화제를 다른 곳으로 돌렸다.

미스터 요엔손과 빌리암은 백작의 밭을 구경하러 갔다. 싹을 몇 개 발견하고 두 사람이 큰 소리로 감탄사를 내뱉자, 백작은 자랑스러운 듯 감자 싹이라고 일러주었다. 그들은 백작이 호밀밭이라고 설명한 자갈밭 둘레를 조심스럽게 걸었다. 집으로 돌아온 뒤에는 자기들이 가져온 쇠고기 덩어리로 백작이 훌륭한 요리를 만드는 것을 보고 감탄사를 연발했다. 백작이 몇 시간에 걸쳐 고기를 굽고, 튀기고, 노릇노릇하게 익히는 사이, 요엔손은 식탁보와 진짜 유리잔, 접시, 포크, 나이프로 식탁을 차렸다. 검은 머리 빌리암은 그동안 창가에 앉아서 창문에 비치는 하트 문신을 감상했다. 기분이 좋았다. 이 작은 빨간 하트 하나가 어딘가에 있을 자신의 뿌리를, 어머니를 되찾아준 것 같았다. 상상 속 그의 어머니는 매력적이고, 순수하며, 믿음직했고, 자기처럼 검은색 머리카락을 갖고 있었다. 무척 유쾌한 사람이기도 했다. 그가 백작에게 소리쳤다.

"백작, 엄마를 갖는 것보다 더 달콤한 건 없어."

백작은 요리를 하다 말고, 놀라서 프라이팬에서 시선을 뗐다.

"암, 그렇고말고." 그가 중얼거렸다.

빌리암이 말을 이었다.

"사람들은 엄마를 갖게 된 순간부터 달라져. 착해지는 거지. 엄마란 사랑의 근원이니까."

미스터 요엔손이 대화에 끼어들었다.

"맞아, 빌리암. 세상 모든 사람에게는 엄마가 필요해. 물론 엄마를 이런 사막 같은 곳에 데려올 수는 없지만, 적어도 팔뚝에 새겨서 모시고 다닐 수는 있지."

그들은 백작이 만든 요리를 먹고 술을 마셨다. 모두 복잡한 외국 이름이 붙어 있었지만 그렇다고 특별히 맛이 좋지는 않았다. 빌리암은 백작의 요리에 결정적인 무언가가 빠져 있다고 생각했다.

반면, 미스터 요엔손은 술과 고기가 맛있다며 찬사의 말을 늘어놓았다. 그는 소리도 내지 않고, 거의 규칙적으로 트림을 했다. 그것이 빌리암에게 깊은 인상을 남겼다. 사실 요엔손은 식사를 하는 내내 깐깐한 백작을 어떻게든 구워삶아 문신을 새기게 하려고 머리를 굴리고 있었다. 물론 빌리암처럼 무료로 해줄 마음은 없었다. 그는 여행을 하는 동안 문신을 새겨주거나, 집안일을 해서 밥벌이를 할 생각이었다. 요엔손은 사제 클로부조와인을 홀짝이며 머릿속으로 문신 가격표를 만들었다.

'엄마'가 들어간 하트는 여우 모피 한 장이나 최상급 바다표범 가죽 두 장은 받아야 했다. 돛이 두 개 달린 범선은 여우 모피 세 장이나 얼룩무늬 바다표범 가죽 두 장 정도가 적당했고, 돛이 세 개인 범선은 최소한 다섯 장의 여우 모피를 받아야 했다. 아니면 곰 모피 반쪽이나 바다표범 가죽 열 장도 괜찮았다. 새로운 기준을 만들기 전까지 이것을 기준으로 흥정하면 될 것 같았다. 특별히 다른 도안을 원하는 사람이 있으면 상황에 따라 그때그때 견적을 낼 생각이었다. 미스터 요엔손은 작은 카탈로그를 만들어서 연안의 기지에 뿌려야겠다고 마음먹었다. 카탈로그에는 가격표와 더불어 그림도 많이 넣을 계획이었다.

백작은 평소에 폭음을 하지 않았다. 그런데 그날은 이른 시간부터 취해서 제정신이 아니었다. 한동안 방문객이 뜸했던 탓이었다. 백작은 자기가 재배한 감자를 자랑하고, 물결치는 호밀밭과 자급자족하는 생활, 그리고 그런 수고스러운 일을 해내는 자신의 노고를 치하했다. 검은 머리 빌리암은 백작의 장광설이 지루했으므로 다 같이 자러 가자고 제안했다. 그런데 식탁 맞은편에 앉아 있던 미스터 요엔손이 자기에게 다 계획이 있다며 빌리암에게 눈짓으로 신호를 보냈다.

미스터 요엔손은 백작에게 마법 이야기를 들려주었다. 그중에는 장거리 여행 중 만난 기이한 사람들에 대한 이야기도 있었다. 중앙아메리카에서 만난 어느 부족은, 부족민 모두 이마에 커다란 감자 문신을 새기고 있었다는 것이다. 부족의 이름은 자기도 모르지만, 이마의 감자 문신이 부족에게는 풍년을 기약하는 부적의 의미를 지녔다고 그는 설명했다. 그리고 자기가 부적의 마법 효과를 직접 목격했다고 주장했다. 그 사려 깊은 부족은 주로 감자를 재배했는데, 수확한 감자 중 제일 작은 것도 다 자란 호박만큼 컸다는 것이다.

백작은 요엔손의 이야기를 듣고 고개를 끄덕였다. 술에 취해 분별력이 떨어지기는 했지만, 요엔손의 말에서 진정성이 느껴졌다. 그가 알기로는 감자도 껍이나 매독처럼 아메리카로부터 들어온 것이었다.

백작이 취기에서 깨어나 정신이 맑아졌을 때는 검은 머리 빌리암과 미스터 요엔손이 달아나고 한참이 지나서였다. 두 사람은 살금살금 백작의 집을 빠져나가면서 잽싸게 얼룩무늬 바다표범 가죽을 두 장 챙겼다. 바다 표범 가죽은 몇 해 전 남극에서 온 에스키모 두 명이 선물한 것으로, 백작의 침대 위 나무 벽을 장식하고 있었다. 멋진 가죽에 대한 보상으로 빌리암과 요엔손은 술에 취해 감각이 마비된 귀족의 상체에 멋진 문신을 하나 새겼다. 이로써 백작은 헐값에 진정한 예술 작품을 얻게 되었다. 미스터 요엔손은 위대한 예술가답게 희미한 석유등 아래서 신성한 영감의 불꽃에 사로잡혔고, 마그누스 폰 베일의 볼품없는 앙상한 가슴팍을 영원토록 아름답게 장식할 걸작을 완성했다.

검은 머리 빌리암은 모터의 전원을 올리고 살그머니 피오르를 빠져나왔다. 백작의 가슴에 새겨진 문신은 적갈색 창이 사선으로 떡갈나무 가지를 관통하고, 싹이 난 감자와 잘 여문 호밀 이삭이 창의 좌우를 장식하는 일급 가문의 문장이었다. 문장 아래에는 작은 직사각형 안에 '백작'이라는 단어도 적혀 있었다. 요엔손은 쇠고리 모양의 장식이 들어간 그 글씨체를 고딕체라고 불렀다. 정교하면서도 오묘한 매력을 지닌 글씨체였다. 빌리암은 백작의 환상적인 문신을 떠올리며 슬그머니 미소를 지었다.

두 사람은 비요르켄보르로 갈 예정이었지만, 미치광이 해협에서 모터가 고장 나는 바람에 간신히 노를 저어 톰슨곶으로 되돌아왔다.

겨우내 톰슨곶의 오두막에는 고객의 발길이 끊이지 않았다. 백작과 빌리암의 문신에 대한 소문이 연안의 구석구석까지 퍼져나간 것이다. 사냥꾼들은 기상 여건이 허락하는 대로 속속들이 미스터 요엔손을 찾아왔다.

잦은 손님치레로 톰슨곶 사냥꾼들은 사냥할 시간이 부족했지만, 방문객들이 가져온 식량과 사제 술을 흥청망청 즐기며 풍족하게 지냈다. 어떤 날은 주문이 밀려서 밤낮없이 문신을 새기기도 했다.

그해 사냥꾼들이 피부에 새긴 그림은 상상을 초월했다. 저마다 다른 사람보다 잘나 보이고 싶어 안달이 난 결과였다. 문신을 하러 오지 않은 사람은 하우나의 닐스 노인과 할보르뿐이었다. 두 사람은 여섯 달 전부터 소식이 없었다. 그래서 모두는 그들이 올겨울은 사람들과 거리를 두고 지내려는 모양이라고 생각했다. 살다 보면 사람과의 교류가 힘들게 느껴질 때가 더러 있었다. 게다가 지난해에는 그들을 찾는 방문객이 많았다. 그만큼 지쳐 있을 가능성이 컸다.

미스터 요엔손의 고객 중에서 제일 열성적인 사람은

비요르켄이었다. 그는 팔뚝에 네 개의 하트를 새기고 그 안에 각기 다른 여자의 이름을 새겨 넣었다. 예쁘기는 했지만 허풍스러운 문신이었다. 그런데도 그는 여기서 그치지 않고 세 개의 돛을 활짝 펼친 범선을 가슴에, 불을 내뿜는 용을 등에 새겼다. 문신이 완성된 후, 온몸을 그림으로 장식한 비요르켄의 모습을 보는 일은 무척 황홀했다. 물론 아무 때나 이 황홀경을 체험할 수는 없다. 비요르켄은 호락호락한 사람이 아니었기 때문이다. 하지만 그는 한번 마음이 동하면 누구나 자기 몸에 새겨진 훌륭한 예술 작품을 감상할 수 있도록 옷을 벗어던지고 전람회를 열었다. 어느 날 저녁에는 내복을 벗어젖히면서 이렇게 말하기도 했다.

"등에 용을 새기니까 몸이 후끈후끈해진 것 같아. 옛날에는 실내에서도 내복에 아이슬란드 스웨터까지 껴입고 지냈는데, 이 녀석을 등에 새긴 뒤로는 이렇게 배를 다 내놔도 춥지 않거든."

이후, 비요르켄은 모두에게 선망의 대상이 되었다. 백골처럼 희고 비쩍 마른 그에게는 더할 나위 없는 영광이었다.

그는 불을 뿜는 용을 외상으로 얻었다. 예술 작품의 대가로 흠잡을 데 없는 여우 모피 열다섯 장과 곰 모피

한 장을 약속했고, 요엔손의 요구에 따라 매달 이자로 바다표범 가죽을 한 장씩 주기로 한 것이다.

시골에서 온 비요르켄의 견습생 라스릴은 밭을 가는 말 두 마리와 농부 한 명을 새기고 싶어 했다. 배경으로는 초가집 세 채가 들어간 농장을 그릴 예정이었지만, 경제적인 이유로 포기했다. 돈줄을 비요르켄이 쥐고 있는데, 알다시피 그는 이미 미스터 요엔손에게 큰 빚을 진 상태였다. 그래서 라스릴은 처음의 주문을 취소하고, 밤나무 밭과 밭고랑 위에 갈매기 네 마리를 새기는 것으로 만족했다.

그해 연안은 평화롭고 화목했다. 미스터 요엔손의 문신은 사냥꾼들을 난공불락의 공동체로 만들었다. 그들은 서로의 모습에 감탄하며 생필품 보급선인 베슬 마리호가 돌아올 날을 즐거운 마음으로 기다렸다. 겨울이 사냥꾼들에게 선물해준 문신을 보면 선원 모두가 눈이 휘둥그레질 것이 분명해서였다. 이러한 이유로 훗날 연안의 주민들은 톰슨곶에 모이게 되었다.

여름이 되어 얼음이 녹기 시작하자, 사냥꾼들은 저마다 모터보트를 끌고 톰슨곶을 향해 하나둘 바다로 나왔다. 문신으로 치장한 사내들 중에는 백작도 끼어 있었다. 그는 겨울 동안 호밀 이삭과 감자가 새겨진 일급 가문의 문장에 익숙해져 있었다. 멀리서 베슬 마리호가 모습을 드러내던 날, 사냥꾼들은 다 같이 해변에 돼지비계 통을 깔고 앉아서 배를 향해 손을 흔들었다.

올슨 선장은 쌍안경으로 사냥꾼들의 모습을 살펴보고 어이가 없다는 듯 뱃전에 침을 뱉었다.

"염병할! 차라리 악마한테 나를 데려가라고 해!" 그가 부관에게 소리쳤다. "저 빌어먹을 예술 전람회는 다 뭐지?"

올슨이 쌍안경을 부관에게 건넸다.

"멋진 카니발이네요!" 부관이 웃음을 터뜨렸다. "겨울을 재미있게 보냈나 봐요."

매스 매슨이 부관에게 쌍안경을 빼앗아 들었다. 그는 유럽으로 갔다가 싫증을 느낀 뒤, 재계약을 하고 돌아오는 길이었다.

"내가 뭐라고 그랬어? 펠트 모자를 쓰고 망사 신발까지 신은 놈을 여기 데려오는 게 아니라고 했지? 그래서 지금 저런 난리가 난 거잖아!" 매스 매슨이 투덜거렸다.

"우라질 놈이 모두의 몸에 잘도 물감을 처발랐네!"

그가 쌍안경을 창 아래의 상자 속에 던졌다.

"왜 그자가 한 짓이라고 생각하지?" 부관이 물었다.

"저 자식만 셔츠를 입고 있으니까." 매스 매슨이 툴

툴거렸다.

미스터 요엔손은 북극에서 보람찬 한 철을 보내고 그린란드를 떠났다. 담비와 얼룩무늬 바다표범, 새끼 바다표범 가죽 몇 장은 셈에서 제했는데도, 그의 손에는 185장의 여우 모피와 바다표범 가죽 세 묶음, 네 장의 백곰 모피가 들려 있었다. 그는 매스 매슨이 보트에 몸을 싣는 것을 보고 펠트 모자와 법랑 커피포트를 흔들면서 환호했다. 챙을 잘라낸 펠트 모자에는 어느새 이집트풍의 빨간색 술이 달려 있었다.

중위 길들이기

혹은 중위의 사고방식을 바로잡기
위한 사냥꾼들의 노력

문신 예술가 미스터 요엔손이 베슬 마리호를 타고 유
럽으로 돌아간 뒤, 매스 매슨은 톰슨곶의 옛 기지 대장
자리를 되찾았다. 연안의 사냥꾼들은 이제야 모든 것이
제자리를 찾았다고 생각했다. 그렇다고 사냥꾼들이 미
스터 요엔손을 싫어한 것은 아니었다. 오히려 그 반대였
다. 사실 그는 밀가루처럼 허연 사내들의 살가죽에 인상
적인 장식을 남기며 북극에 신선한 바람을 몰고 온 인
물이었다. 다만, 그는 북극에서 기를 펴고 살 만한 사내
는 아니었다. 요엔손의 그린란드 북동부 체류는 길 잃

101

은 철새 한 마리가 보여준 놀라운 적응력과 그를 기꺼이 도와준 동료들이 함께 만들어낸 기적이었다. 그렇지만 매스 매슨이라면 얘기가 달랐다. 그는 북극의 자연과 일상에 자연스럽게 스며들어서 거의 한 몸이나 마찬가지였다.

베슬 마리호가 도착하자 연안의 사냥꾼들은 문신 예술가에게 작별 인사를 하고 매스 매슨을 맞이했다. 그들이 톰슨곶에 몰려든 가장 큰 이유는 어마어마한 피와 땀, 눈물을 흘리고 적지 않은 여우 모피를 들여서 얻은 참신한 문신을 자랑하기 위해서였다. 한편, 베슬 마리호는 미스터 요엔손을 대신해 진가를 발휘할 새로운 사냥꾼을 데리고 왔다. 바로 한센 중위였다.

한센은 단신이기는 했지만, 체구가 단단했다. 그는 포마드 기름을 발라서 빳빳하게 세운 콧수염에 면도날처럼 날카로운 목소리, 권총의 총구처럼 작고 검은 눈동자를 갖고 있었다. 승마용 바지와 장화 차림에 걸음걸이가 당당했고, 이윌란 반도의 프레데리시아 용마 부대에서 전술을 익힌 명문가 출신이었다. 매스 매슨은 그를 보자마자 최악의 상황이 우려된다고 친구들에게 털어놓았다.

톰슨곶에 도착한 첫날부터 한센 중위는 거창한 계획

을 세웠다. 태양이 서쪽으로 넘어가기 전, 그는 사냥꾼들을 집 앞으로 불러 모으더니, 그곳을 대뜸 마르스 연병장이라고 명명했다. 그리고 놀란 사냥꾼들에게 자신의 계획을 알렸다.

"나는 북극에 이제 갓 온 신참으로, 이곳의 지리와 기후에 관해 아는 것이 전혀 없다."

한센 중위가 입을 열었다. 이에 사냥꾼들은 일제히 고개를 끄덕였다. 중위의 말이 이치에 맞으면서도 겸손하다고 생각되어서였다. 중위가 말을 이었다.

"하지만 그런 것은 내게 중요하지 않다. 믿을 수 있는 권력가들을 내가 많이 알고 있기 때문이다."

그가 날카롭고 결단력 있는 목소리로 소리쳤다.

"지금부터 우리는 이곳에 부대를 조직할 것이다. 그리고 강철 주먹처럼 강해져서 그들을 무찌를 것이다."

"잠깐, 그런데 누구를 무찌른다는 거지?" 갑자기 흥미가 생긴 비요르켄이 물었다.

"적이다." 중위가 설명했다. "사냥 회사는 이 지역에 민병대를 만들어도 좋다고 허락했다. 물론 군사 당국도 부분적인 협조를 약속했다."

"염병할," 밸프레드가 고개를 갸웃거리며 걱정스러운 듯 말했다. "아랫동네는 아직도 전쟁 중인가 보네."

"아직은 아니지만 곧 전쟁이 시작될 것이다." 한센 중위가 선포했다. "전쟁은 늘 문 뒤에 존재한다. 하지만 전쟁이 일어나도 가만히 앉아서 당하고만 있지는 않을 것이다. 그러기 위해서 내가 군대를 조직하고 훈련시킬 전권을 위임받아 이곳에 온 것이다."

"한센, 그래서 어떻게 할 생각인데?" 헤르베르트가 물었다.

"그냥 한센이 아니라 한센 중위다." 중위가 헤르베르트의 말을 정정했다. "나는 현지에서 조달할 수 있는 물자와 인력을 토대로 국방의 의무를 다할 핵심 부대를 조직할 것이다. 그리고 아무도 물리칠 수 없는 무적의 군대로 키울 것이다. 앞으로 우리는 철통 같은 방어력과 번개 같은 공격력으로 침략자를 박살 낼 것이다."

"한센 중위님, 침략자가 무슨 뜻이에요?" 라스릴이 물었다. 그는 중위가 하는 말을 한마디도 이해할 수 없었다.

"젊은이, 침략자란 곧 적을 의미한다. 적은 눈에 보이지 않지만 사방에 깔려 있다. 나는 전술에 능하고, 적의 교활한 술책도 예견할 수 있다. 이 나라는 우리가 지킨다. 국가를 위해, 국왕을 위해!" 한센 중위가 몸을 곧게 세우고 근엄한 얼굴로 말했다.

"그린란드 주민들을 위해!" 밸프레드가 덧붙였다.

비요르켄이 생각에 잠긴 얼굴로 고개를 끄덕였다.

"알았어. 전부 다 일리 있는 말이야. 그런 이유로 이곳에 온 거라면 우리도 더는 뭐라고 하지 않을게. 그 민병대인가 뭔가로 우리를 귀찮게 하지만 않으면 당신이 뭘 하든지, 아마 아무도 반대하지 않을 거야."

"여러분이 핵심 부대가 되는 거다." 중위가 소리쳤다. "이렇게 넓은 지역을 방어할 수 있는 건 여러분밖에 없다. 내가 맡은 임무는 귀관들을 훈련시켜서 그린란드 북동부의 정예부대로 만드는 것이다."

"시간 많이 걸려?" 검은 머리 빌리암이 물었다. 그는 가을에 있을 바다표범 사냥에 지장이 생길까 싶어 걱정이 됐다.

"의지를 갖고 얼마나 열심히 배우는가에 따라 다르다." 중위가 대답했다.

북극에서는 늘 이런 식으로 일이 진행되었다. 이야기를 들어보기도 전에 선입견을 갖고 남의 의견을 배척하는 경우는 거의 없었다. 이유는 단순했다. 첫째, 가까이서 들여다보면 흥미롭지 않은 생각은 없다. 둘째, 흥미로운 생각은 언제나 긴 대화를 나눌 기회를 제공한다. 셋째, 대화는 토론으로 이어지고, 토론은 교훈을 남긴

다. 이러한 이유로 사냥꾼들은 한센 중위의 계획을 단칼에 꺾지 않았다. 오히려 갑론을박을 펼치며 그가 자신의 생각을 발전시킬 수 있게 도와주었다.

사냥꾼들은 톰슨곶을 서둘러 떠날 생각이 없었다. 아름다운 여름날이 아직 많이 남아 있었고, 친구들과 함께 지내는 것도 좋았다. 특히 한센 중위가 도착한 뒤로 재미가 쏠쏠했다. 사냥꾼들은 저녁마다 중위가 늘어놓는 전쟁담에 귀를 기울였다. 연병장에서 하는 약간의 훈련에도 너그럽게 응했고, 89년식 낡은 총으로 재주를 부리는 법과, 털 부츠를 신은 뒤꿈치로 바닥을 쳐서 '탕' 하고 소리 내는 법, 중위의 명령에 따라 배를 바닥에 깔고 엎드리는 법도 배웠다.

그러던 어느 날, 돌이킬 수 없는 일이 벌어졌다. 중위가 토요일에 검열을 하겠다고 엄포를 놓은 것이다. 검열을 받으려면 모두가 새 동전처럼 말쑥하게 몸단장을 하고, 무기도 문질러서 광을 내야 했다. 생각만으로도 몸서리가 나는 일이었다. 그래서 그린란드 북동부의 주민들은 전쟁에 집착하는 중위가 사냥과 평범한 일상에 관심을 갖게 하려고 머리를 맞대고 방법을 모색했다. 병정놀이는 잠시 기분 전환을 위해서는 좋았지만, 계속해서 성인 사냥꾼들의 관심을 끌기에는 아무래도 한계가 있었다. 중위는 안톤이 헤르베르트와 같이 살겠다고 이사한 뒤로 혼자 남겨진 밸프레드와 겨울을 나기로 되어 있었다. 사냥꾼들은 한센을 핌불 오두막에 떨어뜨리기 전에 북극 물정에 관해 가르쳐주기로 합의했다.

어느 아침, 점호가 끝난 뒤 매스 매슨이 제안했다.

"중위님, 한 가지 제안할 것이 있습니다. 그동안 우린 총을 다루는 법과 엉덩이로 낙하하는 법을 열심히 배웠습니다. 그래서 이젠 전장에 직접 나가보는 것도 좋을 것 같습니다. 어떻게 생각하십니까?

한센 중위는 줄지어 선 병사들 앞을 성큼성큼 걸었다.

"매스 매슨, 좋다. 훌륭한 생각이다. 내가 먼저 생각했다면 더 좋았겠지만. 내일 당장 작전 수행에 나선다."

"본인은 빙원으로 정찰을 나가야 한다고 생각합니다." 비요르켄이 앞으로 나섰다. "적이 온다면 틀림없이 그곳으로 올 테니까요."

"왜지? 설명해보라." 비요르켄의 말에 살짝 기분이 상한 듯 중위가 딱딱한 어조로 말했다.

"왜라뇨? 동쪽으로는 아무도 올 수가 없는걸요. 바보가 아닌 이상 다 아는 사실입니다. 빙산이 동쪽을 가로막고 있고, 북쪽과 남쪽도 지리적인 이유로 접근이 불가능해요. 그래서 서쪽으로 올 수밖에 없습니다."

"비요르켄, 좋다." 한센 중위가 인정했다. "예리한 통찰력이다. 곧 귀관을 하사로 임명하도록 하겠다."

"감사합니다, 중위님!"

비요르켄은 우직한 미소를 지으며 양털 모자에 대고 거수경례를 했다.

이른 새벽, 그들은 길을 나섰다. 일행은 중위를 포함해서 모두 열두 명으로 비요르켄보르의 사냥꾼 셋과 헤르베르트, 밸프레드, 매스 매슨과 그의 동료 검은 머리 빌리암, 시워츠, 레우즈, 로이비크와 젊은 안톤으로 구성되어 있었다. 열두 명분의 식량이 썰매에 실리자, 여름내 다리가 뻐근했던 여덟 마리의 개들이 신나게 썰매를 끌기 시작했다.

그들은 조약돌 골짜기를 속보로 지나서 얼어붙은 두 남자의 강을 거슬러 올라갔다. 두 남자의 강은 빙판이 고르고 경사가 완만해서 개들이 썰매를 끌기 좋았다. 한센 중위는 앞장서서 걸었는데, 큰 보폭으로 앞서 걷다 보니 금세 숨이 가빠졌다. 그래서 산 중턱에 이르기도 전에 정지 명령이 떨어졌다.

"지금부터 이 일대를 샅샅이 탐색한다." 쌍안경을 눈으로 가져가며 중위가 말했다.

사냥꾼들은 썰매에 앉아서 대장을 응시했다.

중위가 내쉬는 거친 숨결에 쌍안경 렌즈가 금세 살얼음으로 뒤덮였다. 그런데도 그는 고집스럽게 쌍안경을 눈에서 떼지 않았다.

"중위님, 커피를 좀 끓이겠습니다." 헤르베르트가 말했다.

헤르베르트는 썰매에서 냄비를 꺼내 눈을 퍼 담았다.

"그럼 저는 기다리는 동안 잠을 좀 자겠습니다." 밸프레드는 그렇게 중얼거리고는 썰매에 쌓인 짐 더미 위에 드러누웠다.

있지도 않은 적군의 동태를 살핀 후, 아무 움직임도 감지되지 않자 중위가 무뚝뚝하게 소리쳤다.

"커피도 휴식도 없다. 계속 행군한다."

사냥꾼들은 사방이 얼음으로 뒤덮인 대륙빙하의 정상에서 걸음을 멈추었다. 이 정도면 꽤 멀리 온 셈이었다. 암묵적 합의 하에 그들은 곧바로 중위를 해치울 준비에 들어갔다.

매스 매슨이 중위 곁으로 다가가서 아노락 모자에 손을 올려붙이고 속성으로 경례를 했다.

"중위님, 괜찮으시다면 중위님 허리에 밧줄을 묶겠습니다."

"매스 매슨, 내 허리에 밧줄을 묶어 뭘 하려는 건가?"

"중위님도 잘 아시겠지만, 이곳 빙하에는 쌓인 눈으로 위장한 균열이 많습니다. 그래서 자칫하다가는 그 틈으로 떨어질 수 있습니다. 더욱이 중위님처럼 앞장서 무리를 인도하는 사람은 추락할 위험이 큽니다."

"알겠다." 중위가 협조적으로 대답했다. "매스 매슨, 내게 밧줄을 묶어라."

그는 만에 하나 자신이 크레바스*에 떨어졌을 때, 가여운 사내들이 지휘관도 없이 눈밭에 남겨질까 봐 걱정이 됐다.

사냥꾼들은 튼튼한 개 목줄 두 가닥을 꽈서 밧줄을 만들었다. 그리고 밧줄을 한센 중위가 찬 허리띠의 금속 고리에 묶어서 단단히 고정하고 행군을 계속했다. 매스 매슨은 몇 킬로미터 떨어져 있는 누나탁**으로 가는 가장 안전한 길을 가리켰다. 벌거벗은 바위 꼭대기는 사방으로 시야가 트여 있어서 중위는 그곳에 정탐 초소를 세울 계획이었다.

———

* 빙하의 표면에 생긴 깊은 균열.
** 대륙빙하의 침식작용으로 인해 기반암이 톱니 모양으로 남은 지형으로, 빙하가 녹은 뒤에는 가파른 산으로 남는다.

한센 중위는 5분도 지나지 않아서 사라졌다. 조만간 그가 사라질 것을 모두 알고는 있었지만, 갑자기 시야에서 보이지 않자 놀라기는 했다. 발아래 눈이 부서지면서 순식간에 벌어진 사고에 한센은 외마디 비명도 지르지 못했다.

썰매를 몰던 비요르켄이 개들을 멈춰 세웠다. 그는 중위를 묶은 줄이 균열 속으로 충분히 빨려 들어갈 때까지 기다렸다. 크레바스 밑에서 들려오는 중위의 고함 소리를 확인한 뒤에야 사냥꾼들은 안심한 듯 고개를 끄덕였다.

"휴, 이제 커피를 마실 수 있겠어." 헤르베르트가 서늘한 미소를 지으며 말했다.

"중위님이 허락을 해야 마시지." 검은 머리 빌리암이 웃으며 말했다. "뭐, 안 된다고 할 것 같지는 않지만."

"지금 중위님은 뭐든 허락할 수밖에 없을 거야." 밸프레드가 한소리 거들었다. "그래서 말인데, 모두 괜찮다면 나는 잠시 눈을 좀 붙여야겠어. 여기까지 오느라 피로가 쌓였거든."

"맞아, 국가와 왕을 위해 걸었으니까 얼마나 피곤해." 매스 매슨이 상기시켰다.

"그렇지."

밸프레드가 팔베개를 하고 옆으로 누우며 말했다.

"아마도. 헤, 헤, 그래서 이번에는 유럽과 아직 유럽에 남아 있는 왕 모두를 위해서 잠을 자려고."

사냥꾼들은 크레바스 바로 옆에 썰매를 끌어다 놓고, 털가죽 위에 둘러앉았다. 그런 다음, 버너 둘레에 눈 벽을 쌓아서 바람을 막았다. 밑에서 중위가 뭐라고 떠들어댔지만, 모두는 관심이 없다는 듯 활짝 웃으며 휴식을 즐겼다.

그들은 끓는 물에 커피를 넣어 한 번 더 끓였다. 그리고 각자 따뜻한 잔을 두 손으로 감싸 쥐고 편안하게 앉아서 수다를 떨기 시작했다.

그들은 온갖 주제로 잡담을 나누었다. 멋지게 보낸 작년과 북극을 떠난 동료들, 돌무덤 아래, 혹은 바닷속에서 수평으로 누워 편히 쉬고 있을 친구들의 이야기가 끝나자 화제가 음식으로 넘어갔고, 한 시간도 넘게 대화가 이어졌다. 물론 취사병 자격으로 군사훈련에서 특별히 면제된 백작 이야기도 나왔다. 한차례 수다를 떨고는 할 말이 없어진 뒤에야 사냥꾼들은 중위의 외침에 귀를 기울였다. 한센 중위는 구멍 속에서 올라오지 못하고 줄에 매달린 채 아직도 욕설을 퍼붓고 있었다.

"방금 저자가 특별 군법 회의라고 한 게 맞아?" 헤르베르트가 놀라서 물었다.

"그런 것 같아." 안톤이 농담했다. "그런데 그건 총격 사건이나 탈영자가 있을 때나 하는 거잖아. 안 그래?"

"흥, 그런데 저놈은 왜 얼른 안 올라오고 저기서 혼자 난리래?" 시워츠가 꼬장꼬장한 목소리로 중얼거렸다.

크레바스 안으로 몸을 기울이며 그가 중위에게 소리쳤다.

"저런, 지휘관 나리, 어서 올라올 생각을 하셔야지요. 거기 더 오래 있다가는 엉덩짝이 얼어붙어요."

중위는 구덩이 안에서 목이 쉬어라 고래고래 고함을 질렀다.

"방금 저자가 뭐라고 했어?" 레우즈가 물었다.

"입 좀 다물라고 해. 시끄러워서 통 잠을 잘 수가 없잖아." 밸프레드가 썰매에 누워서 투덜댔다.

시워츠가 고개를 돌렸다.

"놈이 한 말은 입에 담고 싶지도 않아. 너무 천박하거든. 중위는 예의가 전혀 없는 것 같아."

시워츠는 비요르켄을 바라보았다.

"그런데 비요르켄, 녀석이 정말 줄을 타고 올라올 수 없는 거야? 확실해?"

"그럼, 당연하지. 내가 밧줄을 물에 적셨거든. 지금은 아마 스케이트장처럼 미끄러울 거야. 틀림없어." 비요르켄이 대답했다.

매스 매슨이 깊은 한숨을 내쉬었다.

"마음대로 하게 내버려두면 저렇게 꼭 유난을 떠는 놈들이 있어." 그가 차분히 말했다. "가끔은 이렇게 교육하기 힘든 놈들도 있고. 이럴 때는 도망치는 게 상책이지. 교훈적이지도 않은 말을 더 듣고 있을 필요가 없잖아."

사냥꾼들은 찻잔과 모피를 챙겼다. 그런 다음 얼음 속에 쇠말뚝을 단단히 박고, 거기다가 한센 중위가 매달린 개 목줄을 묶었다. 그리고 중위가 언제쯤 장교에 대한 집착에서 자유로워질지 저마다 한마디씩 하면서 빙하를 내려왔다. 밸프레드는 하산하는 내내 썰매에 누워 깊은 잠을 잤고, 백작이 약한 불에 오래 끓인 음식으로 저녁을 만들어놓을 때까지 깨어나지 않았다.

"그런데 저 위가 춥지 않을까요?" 라스릴이 걱정스레 물었다.

저녁 식사를 마친 뒤, 사냥꾼들은 집 앞에 앉아서 평화로운 시간을 즐겼다. 묵직한 바다 위로 글리세린처럼 반투명하고 매끄러운 물결이 일렁였다. 멀찍이 떨어진 빙산은 남쪽을 향해 천천히 떠내려가고 있었다. 물가에 좌초한 얼음덩이에서 한 방울씩 물이 떨어지고, 집 뒤의 작은 만에서는 바다제비 몇 마리가 생선을 훔쳐 달아난 갈매기들을 쫓으며 울었다.

"추울 것 같지 않아요?" 라스릴이 반복해서 물었다.

사내들이 나른한 눈으로 라스릴을 쳐다보았다.

매스 매슨이 간신히 입을 열었다.

"응……. 춥지, 당연히 추울 거야."

"얼어 죽지는 않을까요?" 라스릴이 물었다.

그는 아직 젊어서, 여름밤의 고요를 가만히 앉아 감상하기가 어려웠다.

매스 매슨이 히스 꽃밭에 누워서 끝없이 펼쳐진 창공을 응시했다.

"응. 얼어 죽을 수도 있어." 그가 대답했다.

비요르켄은 백야의 태양을 향해 고개를 들고 온기를 빨아들였다.

"아니, 내 생각은 달라. 분노로 들끓는 사람은 절대로 얼어 죽지 않거든. 화가 나면 온몸에서 열이 나니까. 그런 의미에서 화를 내는 건 불을 내뿜는 용을 등에 새기는 것만큼 효과적이지. 정말이야. 내 말을 믿어도 좋아."

비요르켄이 은근슬쩍 납작한 등에 새겨진 환상적인

문신을 자랑했다.

깊은 잠에 빠져 있던 밸프레드가 팔꿈치로 몸을 딛고 일어났다.

"염병할, 무슨 수다가 그렇게 길어? 꼭 여자들 사이에 껴 있는 것 같잖아! 무슨 얘기들을 그렇게 하는 거야?"

"중위에 대해서 얘기하고 있었어요." 라스릴이 대답했다.

"아, 그래, 중위!"

밸프레드가 교활한 미소를 지었다.

"헤, 헤, 그는 좋은 동료가 될 거야. 그래도 얼음 구덩이 속으로 보낸 건 잘한 일이야. 안 그랬으면 아직도 빙판 위에서 군사훈련을 했을 테니까."

그는 잘 잔 사람답게 기분이 좋아져서 키득거렸다.

"옛날에 녀석과 비슷한 괴짜를 알고 지낸 적이 있어. 그놈도 이상한 생각을 했지. 감방에서 몇 해를 살고 나온 녀석이었는데, 왜 그 유명한 호르센스 교도소 말이야. 놈은 교도소 생활을 잊지 못했어. 매일 아침 오두막 주변을 산책했거든. 그 산책이라는 게 뒷짐을 지고 둥글게 원을 그리면서 한 자리를 맴도는 거였는데, 녀석은 작은 소리로 몇 바퀴나 돌았는지 수를 셌어. 120바퀴를 돌고 난 다음에야 아침을 먹었지. 정말 웃긴 놈이었어."

라스릴이 호기심을 보이며 밸프레드 쪽으로 몸을 기울였다.

"밸프레드, 그래서 어떻게 됐어요?"

"어떻게 됐냐고? 아주 좋은 질문이야."

밸프레드가 우툴두툴한 코를 긁적이며 파랗고 순수한 라스릴의 눈을 들여다보았다.

"아마 내가 죽인 것 같아." 밸프레드가 대수롭지 않다는 듯 말했다.

"죽였다고요?"

라스릴이 겁에 질린 얼굴로 나이 든 사냥꾼을 바라보았다.

"왜요?"

"왜냐하면 그 멍청이가 축음기를 가져왔거든. 그게 뭔지 알지? 그런데 놈은 그런 짓을 절대로 하지 말았어야 했어. 녀석이 가져온 축음기는 손잡이가 달린, 깨나 조잡한 모양의 검은색 상자였어. 그래도 설치해놓으니까 꽤 예쁜 소리를 냈지. 문제는 놈이 레코드를 한 장밖에 가져오지 않았다는 거였어. 놈은 클래식 음악에 완전히 미쳐 있었어. 어쩌면 감방에서 보낸 긴 시간이 녀석을 고상한 사람으로 만든 건지도 몰라. 어쨌든 놈이 듣던 음악은 <순례자의 합창>인지 뭔지 그 비슷한 제목이었어. 그리고 한 가지 분명히 해둘 게 있는데, 나는 순례자들에게 나쁜 감정이 없어. 그 사람들이 걷든 노래를 하든, 나는 전혀 상관하지 않아. 노래를 내가 들어야 하는 게 아니라면 말이야. 그런데 그게 그렇지가 않았어. 레코드가 아침부터 저녁까지 온종일 돌아갔거든. 어느 때에는 한밤중에도 쉴 새 없이 돌아갔어. 똑같은 노래를 수천 번 반복해서 들으니까 나는 머리가 돌아버릴 지경이었어. 생각해봐. 녀석은 매일 아침 똑같은 레코드판을 축음기에 올리고, 나는 매일 잠에서 깰 때마다 똑같은 노래를 듣고…… 당연히 신경질적으로 변할 수밖에. 그래서 난 레코드판을 들고 집 밖으로 나갔어. 그런 다음, 레코드판을 눈 속에 처박고, 스무 걸음 떨어진 곳에서 사냥총으로 그 빌어먹을 놈을 죽여버렸지."

"밸프레드, 그럼 그 친구를 죽인 건 아니잖아요." 라스릴이 지적했다. "총으로 쏴 죽인 건 레코드판이니까요."

"비유하자면 그렇다는 거야." 밸프레드가 말했다. "내가 레코드판을 죽였을 때 녀석도 거의 죽은 거나 다름없었거든. 놈에게 레코드판은 교도소 뜰에서 하던 산책과 같은 거였어. 절대로 떨어질 수 없는 거였지."

"그래서 그가 권총으로 자살을 한 거예요?"

"아니, 목을 맸어. 천장에 매달아둔 사슴 넓적다리를

내리고 그 자리에 목을 맸지. 그날 나는 덫을 살피고 돌아와서 간식으로 스테이크를 해 먹으려다가 하마터면 교수대에 걸린 녀석의 엉덩잇살을 도려낼 뻔했어. 어때, 놀라운 얘기지? 라스릴, 생각이 많은 사람들과 왕래를 할 때는 늘 조심해야 해. 저기 위에 있는 중위도 마찬가지야."

"중위가 허리띠에 매달려 있을 생각을 하니까 사실은 마음이 좋지 않아요." 라스릴이 말했다.

"응, 중위도 그럴 거야. 틀림없어." 헤르베르트가 깔깔거렸다.

밸프레드는 고개를 저었다. 겨우내 한센을 데리고 있어야 할 사람이 자기라는 생각이 들자 살짝 걱정이 되어서였다.

"계절이 바뀌기 전에 놈에게 이곳 물정을 알려줘야 할 텐데, 정말 걱정이야." 그가 한숨을 내쉬었다.

사내들이 고개를 끄덕였다. 모두 밸프레드의 한숨이 어떤 의미인지 알고 있었다. 머리가 반쯤 돈 군인 동료와 길고 긴 겨울을 나는 것은 생각만으로도 고달픈 일이었다. 백작이 문 너머로 고개를 내밀며 갑자기 소리치는 바람에 중위를 주제로 한 대화가 깊이 있게 이어지지 못했다.

"신사 양반들, 잠시 후면 신선한 야식이 나올 거야."

야식이란 말을 듣자마자 밸프레드의 얼굴에 화색이 돌았다. 그가 놀라울 만큼 빠르게 일어났다.

"백작, 어떤 요리야?"

백작이 자신있게 눈을 반짝였다. 그가 대답했다.

"샤토라피트 라벨이 붙은 포도주 두 병과 방금 내가 발명해낸 달콤한 케이크야. 케이크 이름은 '중위의 마음'이야."

늦은 아침, 사냥꾼들은 다시 빙원으로 올라갔다. 그들은 시간이 흐르는 동안 크레바스에 빠진 중위가 어떻게 되었을지를 상상하며 즐거워했다.

화제의 인물과 함께 겨울을 나야 할 밸프레드가 가장 먼저 크레바스 속으로 머리를 들이밀고 소리쳤다.

"어이, 거기 누구 있어?"

한센이 코맹맹이 소리로 힘없이 대답했다.

"내가 여기서 나갈 수 있게 도와줘."

"한센이야?" 밸프레드가 확인차 물었다.

"응, 날 여기서 꺼내줘."

한센의 금속성 목소리는 밤새 녹슨 것 같았다.

"사냥꾼 한센인 거지?" 밸프레드가 확실히 해두기

위해 재차 물었다.

"응."

"그런데 사냥꾼 한센이 빙하 크레바스 속에는 대체 왜 들어간 거야?" 밸프레드가 짐짓 놀란 체를 하고 물었다.

"여기로 떨어졌어."

한센이 기어들어가는 목소리로 대답했다.

"한센, 거기서 국가와 국왕, 그린란드 국민을 보호할 수 있겠어?"

"아니."

사냥꾼 한센은 화를 억누르기 위해 애썼지만, 능력 밖의 일이었다.

"빌어먹을! 빨리 날 여기서 꺼내라니까!" 중위가 폭발했다.

한센의 요구를 무시하고 밸프레드가 말했다.

"한센, 아직 못 알아들은 것 같으니까 내가 요약해줄게. 이제 방어니 뭐니 그 쓸데없는 얘기는 집어치워. 그리고 보다 쓸모 있고 평범한 일에 몰두하는 거야. 그게 신상에도 좋아. 어때, 그렇게 할 거야?"

"내 계획은 이미 지도부에서 허락한 거야!" 한센이 성질을 부리며 소리쳤다. "명령이다! 나를 나가게 해줘!"

"이봐, 그런 말은 하지 않는 게 좋아."

밸프레드가 고개를 밖으로 빼냈다.

"시간이 좀 더 필요하겠어." 그가 말했다. "아직 덜 여문 것 같거든. 양 넓적다리를 훈제할 때처럼 시간이 조금 걸려."

매스 매슨이 밸프레드의 말에 찬성했다.

"맞아. 모든 건 다 때가 있는 법이야. 한센에게도 충분한 시간을 주는 게 좋겠어. 게다가 우린 바쁜 일도 없잖아."

매스 매슨이 헤르베르트를 돌아보았다.

"헤르베르트, 커피나 좀 마실까? 어젯밤에 '중위의 마음'을 먹었더니 입이 영 텁텁해."

사냥꾼들은 커피를 끓이고 커피에 슈냅스를 섞었다.

슈냅스는 비요르켄이 가져온 것으로, 그와 낯짝만이 아는 길고 복잡한 공정을 거쳐 증류한 것이었다. 그들은 중위에게 한 시간 정도 더 생각할 시간을 주기로 하고 커피로 희석한 술을 마셨다.

슈냅스가 온몸의 피를 뜨겁게 만드는 사이, 그들은 햇살에 반짝이는 얼음과 눈앞에 펼쳐진 풍경을 감상했다. 조금 전 걸어 올라온 빙판길은 수풀로 우거진 골짜기를 혀처럼 휘감고 있었다. 사냥꾼들은 해안을 따라

송곳처럼 뾰족하게 올라온 산봉우리와 봄날의 풀밭처럼 파란 바다를 둘러보았다. 밸프레드는 그사이에 또 잠이 들었다. 그래서 구덩이에서 올라오는 소리를 듣지 못했다.

"밸프레드, 내가 양보할게."

크레바스에서 들려오는 고함 소리에 곁에 있던 사냥꾼들이 밸프레드를 깨웠다. 한센과 겨울을 날 사람이 그였기에, 중위와 협상을 하는 사람도 그여야만 했다. 밸프레드는 썰매에서 나와 크레바스 옆에 드러누웠다.

"한센, 방금 뭐라고 했어?"

"내가 양보한다고." 사냥꾼 한센이 다시 말했다.

"뭘 양보한다는 거지?"

밸프레드가 귀 뒤에 손을 가져다 댔다.

"내가 방위군을 포기할게." 한센이 외쳤다. "활동을 끝낸다는 말이야."

"그러니까 우리처럼 평범한 사람이 되겠단 거지?" 밸프레드가 물었다.

"그 누구보다도 평범해질 거야. 약속해." 한센이 맹세했다.

"나오고 싶어?"

"응, 밸프레드."

사내들은 사냥꾼 한센을 밝은 곳으로 끌어 올리고, 큼지막한 잔에 슈냅스를 한가득 따라 먹였다. 언 몸을 녹이기 위해서였다.

한센은 체념한 듯, 한결 부드러워진 표정으로 어딘지 모를 곳을 향해 이리저리 눈알을 굴렸다. 권총의 총구 같던 예전의 눈빛은 크레바스 속에서 사라진 듯했다.

슈냅스를 두 잔 연거푸 마신 다음에야 한센의 언 몸이 녹기 시작했다. 매스 매슨이 두툼한 손으로 한센의 몸을 주물렀다. 비요르켄과 낯짝은 한센의 등과 배를 사정없이 두드렸고, 마음 착한 로이비크는 남은 슈냅스로 얼어붙은 중위의 얼굴을 문질렀다. 모두가 한센 중위의 행복을 바라는 마음에서 하는 일이었다.

"자, 사냥꾼 한센, 이 치료의 효과가 얼마나 좋았는지 좀 볼까? 난 네가 이제 몸도, 마음도 새로워졌다고 생각해."

한센이 고개를 끄덕였다. 사실 그는 아무 생각도 안 났다. 밤새 매달려 있느라 몹시 피곤했고, 썰매에 누워 자고 싶다는 마음밖에 없었다. 하지만 썰매는 이미 밸프레드가 차지하고 있었다.

"그럼, 이제 가볼까?" 비요르켄이 말했다.

그는 한센이 일어설 수 있도록 어깨를 부축했다.

"이제 알겠지? 사냥꾼이 된다는 건 그렇게 쉬운 일이
아니야."

사냥꾼 한센은 비몽사몽 간에 양팔과 콧수염을 축
늘어뜨리고, 발을 질질 끌면서 동료들과 함께 빙산을
내려왔다.

차가운 처녀

—

혹은 엠마 빼앗기

휴가에서 돌아온 매스 매슨은 어렵지 않게 겨울을 났다. 그는 남쪽에서 많은 일을 겪은 터라 할 이야기가 많았다. 매스 매슨의 모험담은 동료인 검은 머리 빌리암이나 그 자신을 더없이 기분 좋게 해주곤 했는데, 시간이 지나자 추억도 바닥을 드러냈다. 그래서 매스 매슨은 즐거운 분위기를 유지하기 위해 새로운 이야기를 지어냈다. 이상한 일이었지만, 지어낸 이야기는 실제 있었던 일보다 훨씬 풍성하고 재미있었다.

그날 저녁에도 매스 매슨은 이런저런 이야기를 두서

없이 늘어놓고 있었다. 그러다가 그만 얼떨결에 자기도 놀랄 만한 발명을 해냈다. 그가 바로 엠마였다.

"이왕 여자 얘기가 나왔으니까 하는 말인데," 그가 거리낌 없이 말했다. "여자를 주제로 하는 대화는 언제나 재미있어. 교훈도 있고."

매스 매슨은 길게 자란 콧수염을 입안에 넣고 쪽쪽 빨기 시작했다.

"빌리암, 덴마크로 내려가서 덥고 축축한 공기를 마시다 보면 사람들이 변하는 거 같아. 진짜 중요하고 본질적인 건 잊고 시시껄렁한 것에 흥미를 갖게 되니까. 예를 들면, 여자 말이야."

매스 매슨은 대화 중간에 계산된 침묵을 끼워 넣어, 여자로 바뀐 화제에 빌리암이 적응할 시간을 줬다. 그린란드 북동부에서 여자 이야기는 터부까지는 아니어도, 폭탄처럼 늘 신중히 다뤄졌다. 북극에서는 여자가 상상 속에서나 만날 수 있는 희귀한 존재였기 때문이다. 그래서 사냥꾼들은 여자라는 피조물에 대해 이야기할 때마다 애매모호한 표현으로 슬쩍 암시만 하다 말았고, 천박하거나 외설적인 표현을 삼갔다. 저마다 가슴속에 간직할 뿐, 연애담을 길게 늘어놓는 경우도 거의 없었다. 사실은 매스 매슨도 여성을 바라보는 자신의 관점과 실제

연애담을 일반적인 차원에서 슬쩍 말하다가 말 생각이었다. 연애를 하는 동안도, 연애가 끝난 뒤에도 감미롭게 느껴지는 그런 사랑 이야기 말이다. 그런데 부지불식간에 엠마가 불쑥 튀어나왔다. 그녀는 매스 매슨의 상상 속에서 눈 깜짝할 사이에 빚어졌다.

"엠마." 혼잣말을 하듯 매스 매슨이 속삭였다.

상당히 조심스럽고, 용의주도한 모습이었다.

"뭐라고? 방금 뭐라고 그랬어?"

빌리암이 놀란 표정으로 매스 매슨의 얼굴을 뚫어지게 바라보았다.

"엠마라고 했어."

이번에는 한결 확신이 선 듯 또렷한 목소리로 매스 매슨이 말했다.

"그게 누군데?"

"엠마? 아, 엠마는 어떤 말로도 완벽하게 표현할 수 없어."

매스 매슨이 애매모호한 표정으로 그을린 천장을 응시했다.

"엠마는 모든 것이고, 모든 것 이상이야. 너무 예뻐서 눈이 부실 정도지."

매스 매슨이 깊은 한숨을 내쉬었다. 감정이 북받쳐 오

른 것처럼 보이기 위해서였다. 그는 잠시 그 상태로, 마음속에서 엠마의 모습이 완벽하게 그려질 때까지 기다렸다. 그런 다음 마음이 그려낸 모습대로 엠마에 관해 설명했다.

"엠마는, 사과 도넛 같은 여자야. 엉덩이도, 젖가슴도, 뺨도, 전부 다 그래. 맞아, 친구, 그녀는 오직 말캉한 도넛으로만 만들어졌어. 그리고 하늘처럼 새파란 눈과 앵두처럼 빨간 입술을 가졌지."

마음이 그려낸 모습대로 매스 매슨이 엠마에 관해 설명했다.

빌리암은 매스 매슨이 쳐다보는 천장의 그을음 자국을 향해 시선을 옮겼다. 사과 도넛 같은 엠마를 상상하기 위해서였다.

"그렇게 잘 아는 걸 보니 엠마와 사귄 거구나, 맞지?"

"맞아." 매스 매슨이 깊은 한숨을 내쉬었다. "그랬지."

"그 여자랑은 어디서 만났는데?"

매스 매슨은 미간에 주름을 잡고, 마음속의 엠마가 대답하기를 기다렸다.

"올보르. 엠마는 올보르에 사는 차가운 처녀야." 그가 대답했다.

그는 대답하면서도 스스로에게 놀랐다. 아랫동네에서 온 슈냅스 병에 붙은 라벨 말고는 올보르에 관해 아는 게 전혀 없었기 때문이다.

"그렇구나!"

차가운 처녀든 뜨거운 처녀든 처녀라고는 한 번도 만나본 적이 없는 빌리암이 한숨을 내쉬었다. 그는 평생 딱 한 여자와 교제를 했는데, 아직도 그녀를 가슴에 품고 있었다. 그녀의 이름은 수피아였고 톰슨곶에서 수백 킬로미터 떨어진 작은 마을에 살았다. 수피아는 특별히 차갑지도, 뜨겁지도 않았다. 처녀는 더더욱 아니었다. 하지만 상당히 매력적이고 상냥해서 빌리암은 수피아에 대해 말할 때마다 자신의 약혼녀인 것처럼 얼버무렸다.

"피부가 희어? 아니면 내 약혼녀처럼 다갈색이야?"

빌리암은 차가운 처녀의 모습이 머릿속에 잘 그려지지 않았다. 상상력이 조금 더 필요한 순간이었다.

"글쎄, 어떻게 설명하는 게 좋을까?"

매스 매슨은 자기 말에 확신을 가질 수 있도록 황홀할 정도로 매혹적인 엠마의 모습을 마음에 그렸다.

"그래, 분홍빛이 돈다고 하는 게 맞을 것 같아. 면도를 해놓은 아기 돼지처럼 피부가 분홍색이고, 탱탱하고 부드러워. 네가 엠마를 못 본 게 얼마나 다행인지 몰라.

그랬다면 벌써 수피아를 잊었을 테니까."

"네가 수피아에 대해서 뭘 안다고 그래?"

빌리암이 약혼녀를 두둔했다. 하지만 매스 매슨이 수
피아를 전혀 모른다고는 할 수 없었다. 수피아가 사는
거위 섬 근처의 작은 마을에 그도 가본 적이 있었기 때
문이다.

"그러는 너는, 너도 엠마를 모르는 건 마찬가지잖아,
안 그래? 그녀를 알았다면 틀림없이 너도 내 말에 공감
했을 거야. 이런 말까지는 안 하려고 했는데, 엠마는 외
모만 경이로운 게 아니라 내면까지 경이로운 여자야."

"내면에 뭐가 있는데?" 빌리암이 물었다.

"뭐긴 뭐야, 아름다움이지. 하지만 그건 외모의 아름
다움과는 다른 아름다움이야. 예를 들면, 엠마가 말할
때는 여럿이 애국가를 합창할 때처럼 아름다운 소리가
나. 그녀의 목소리는 나나 너의 목소리와는 차원이 다
르거든. 우리처럼 거칠게 말하지도 않아. 엠마가 말할 때
는 꼭 노래를 부르는 거 같아. 그래서 얘기는 안 듣고
노랫소리만 듣게 돼."

"수피아도 그래." 빌리암이 뜻을 굽히지 않았다. "수
피아도 말할 때 꼭 노래하는 것 같아. 무슨 말을 하는지
하나도 못 알아듣겠거든."

"엠마와 수피아를 그런 식으로 비교하면 안 돼." 매스 매슨이 말했다. "두 사람이 하는 말도 그래. 넌 수피아의 말을 못 알아먹지만, 난 엠마가 무슨 말을 하는지다 알아. 게다가 엠마가 하는 말은 진리야. 세상 모든사람에게 필요한 지혜가 담겨 있지. 그런데도 이해하기가 쉬워. 그뿐만이 아니야. 엠마는 네가 제대로 발음도못 하는 어려운 단어를 많이 알고 있어. 배운 게 정말 많은 여자거든."

"정말 그런 여자랑 같이 지낸 거야?" 빌리암이 놀라움을 감추지 못했다.

"그 여자가 나랑 같이 있고 싶어 했어. 그러니까 괜한오해는 마. 엠마와 난 많은 것을 함께 했어. 완벽한 조화를 이루면서."

매스 매슨이 으스대며 널찍한 등을 곧추세웠다.

"그렇구나."

빌리암은 당혹스러운 표정으로 문을 응시했다. 그는수피아와 자기가 조화를 이룬 적이 있었는지 알 수가 없었다.

"그래, 그렇다니까."

매스 매슨은 칼집에서 칼을 꺼내 이를 쑤시기 시작했다.

"매스 매슨, 엠마는 여전히 네 애인이야?" 빌리암이 관심을 보이며 물었다.

매스 매슨이 칼날로 이빨 사이에서 고기 힘줄을 빼내고는 찬찬히 뜯어보았다.

"물론이지. 엠마는 지조 있는 여자거든. 언제까지라도 나를 기다릴걸. 보통 여자들과는 다르다니까. 얼마나 특별한데!"

매스 매슨이 의도한 바는 아니었지만, 이 한마디가 검은 머리 빌리암의 마음을 뒤흔들었다. 빌리암은 수피아에게 향하던 욕망이 사그라지면서 지조 있는 엠마가 애타게 그리워지기 시작했다. 매스 매슨에게는 물론 비밀로 했다. 이후 분홍색 피부에 지조까지 있는 엠마는 그의 뇌리를 떠나지 않았다. 밤이 되자 빌리암은 상상 속 엠마와 함께 침대에 누웠다. 옆에 누워서 엠마를 요모조모 뜯어보니까 그녀에 대해 잘 알고 있다는 착각이 들었다. 빌리암은 사과 도넛 같은 엠마의 몸을 탐닉했고, 심연처럼 깊은 그녀의 파란 눈동자에 빠져서 허우적거렸다. 빌리암은 몇 주간 상상 속의 엠마와 침대 위를 뒹굴었다. 그러다가 덫을 살피러 갈 때도 그녀를 데려가기로 마음먹었다. 엠마는 이제 그의 여자였다. 그래서 그녀를 집에 두고 갈 수가 없었다. 매스 매슨이 못 미더워서였다.

엠마와 함께한 여행은 황홀했다. 빌리암은 엠마가 자

신의 새 사슴 모피를 걸치고 썰매 등받이에 기대앉은 모습을 상상하며 썰매를 따라갔다. 그러다 가끔은 사과 도넛을 꼬집는 상상도 했다. 상상은 여기서 그치지 않았다. 어느 젊은 연인들처럼 길을 가다 말고 거침없이 애정 행각도 벌였다. 대자연의 품에서, 엠마는 오로지 그의 여자였다. 수피아는 완전히 잊었다. 도덕적으로는 옳지 않았지만, 따지고 보면 수피아에게 크게 잘못한 것도 없었다. 수피아는 이미 오래전에 빌리암을 잊고 옛 애인과 결혼했다. 다만, 한 가지 생각이 머릿속을 떠나지 않고 빌리암을 괴롭혔다. 그것은 엠마가 매스 매슨의 여자라는 사실이었다. 빌리암은 엠마에게 자신의 고뇌를 털어놓았고, 두 사람은 자신들에게 가해진 부당한 운명에 눈물을 흘리며 슬퍼했다. 그러나 슬픔은 오래가지 않았다. 빌리암이 엠마와의 문제를 담판 지으려고 황소처럼 정면 돌파를 시도한 것이다. 그 일은 어느 저녁에 갑자기 일어났다. 노인의 피오르에서 여우 여섯 마리와 바다표범 한 마리를 싣고 돌아온 날이었다.

빌리암과 매스 매슨은 저녁을 먹은 뒤 차에 럼주를 타 마셨고, 잠자리에 들기 앞서 카드놀이를 했는데, 그러다 빌리암이 용기를 내어 물었다.

"매스 매슨, 저기 말이야. 엠마에 관해 물어볼 게 있어.

아직도 그 여자가 네 애인이라고 할 수 있어?"

매스 매슨이 놀라서 고개를 쳐들었다.

"엠마?" 그가 물었다.

엠마는 매스 매슨의 기억에서 사라진 지 오래였다.

"그래, 엠마. 네가 차가운 처녀라고 했던 여자."

"아, 그래, 엠마!"

매스 매슨은 이미 오래전에 잊은 엠마에 관한 기억을 떠올리기 위해서 열심히 생각을 더듬었다. 그리고 엠마의 것으로 추정되는 희미한 이미지를 기억해냈다.

"아, 그럼, 그럼. 내가 애인이라고 할 수 있지."

빌리암이 의자 위로 몸을 비비 꼬았다.

"그럼, 내가 엠마의 애인이 되면 어떨까? 너만 반대하지 않는다면 그러고 싶어."

"뭐라고? 애인이 되어서 뭘 하려고?"

매스 매슨이 황당한 얼굴로 빌리암을 쳐다봤다.

"그러니까," 빌리암이 귓불을 새빨갛게 붉히며 말을 더듬었다. "말하자면 엠마와 내가 관계 같은 걸 맺었거든. 이해해줘. 어쩔 수 없었어."

"염병할!"

초인적인 노력을 기울여 엠마를 다시 기억해낸 뒤에야 매스 매슨은 간신히 성난 표정을 지을 수 있었다.

"감히 나 몰래 내 여자랑 관계를 맺었단 말이야?" 매스 매슨이 으르렁거렸다.

"어쩌다 보니 그렇게 됐어. 뭐랄까," 빌리암이 머뭇거렸다. "너무도 자연스럽게 그런 상황이 벌어졌어. 그래서 말인데 매스 매슨, 네가 엠마의 애인 자리를 포기하면 안 될까?"

매스 매슨은 진지한 얼굴로 손가락으로 식탁을 두드렸다.

"잠깐만, 어떻게 하면 좋을지 생각 좀 해봐야겠어. 뜻밖의 일이라서 나도 놀랐거든. 이렇게 갑자기 자기 여자를 포기할 수는 없잖아. 안 그래? 이 부분은 너도 이해해야 해."

엠마가 다시 조금씩 모습을 되찾았다.

"대신 스티븐스 30구경 엽총을 줄게."

빌리암이 다급한 마음에 깊이 생각해보지도 않고 말했다.

" 거기에 실탄 다섯 갑도 더해서."

매스 매슨이 새카만 화덕 문에서 시선을 떼지 않았다.

"쌍발 엽총 말이야?" 그가 중얼거렸다.

"그래, 그 쌍발 엽총." 빌리암이 흥분해서 말했다.

매스 매슨은 빌리암을 곁눈질로 쳐다보았다.

"실탄 열 갑이라고 했어?"

"아니, 열다섯 갑." 빌리암이 얼떨결에 가격을 올렸다.

"매복용 썰매와 위장용 장막도 같이 줄 거지? 아니야?"

"알았어. 그렇게 할게."

빌리암은 마음을 진정시키기 위해서 심호흡을 한 번 했다.

"그것도 새 장막으로 줄게."

매스 매슨은 식탁에 팔꿈치를 괴고 수염을 긁적였다. 빌리암은 긴장한 얼굴로 동료의 얼굴을 쳐다보았다. 엠마와의 미래가 달린 결정적인 순간이었다.

"이제 생각이 다 끝난 거지?" 빌리암이 초조함을 견디지 못하고 재촉했다.

매스 매슨이 고개를 흔들었다.

"빌리암, 조금만 더 시간을 줘." 그가 낮은 목소리로 말했다. "중대한 결정을 내려야 하는 상황이잖아."

"알았어. 물론 그래야지."

빌리암은 매스 매슨의 결정에 도움이 될 만한 물건을 찾아 집 안을 이리저리 둘러보았다.

"술을 좀 마시면 어떨까?" 빌리암이 제안했다. "한잔하면 머리가 맑아지잖아."

그들은 함께 술을 마시기 시작했다.

술병이 거의 비어갈 무렵이었다. 매스 매슨이 생각을 마치고 편안한 어조로 선언했다.

"결정했어. 네가 원하는 대로 해."

"정말이야?"

"응. 그러니까 얼른 가서 총을 가져와. 쌍발 엽총, 그리고 실탄 스무 갑도 잊지 말고."

"열다섯 갑이라고 했잖아."

"스무 갑이라고 했어."

"아니야, 열다섯 갑이라고 했어." 빌리암이 항의했다. "내가 확실히 기억해."

"뭐, 좋을 대로 해. 쩨쩨하게 실탄 다섯 갑 갖고 고집을 부리고 싶지는 않아. 엠마의 가치가 실탄 열다섯 갑밖에 안 된다는데 내가 어쩌겠어? 하지만 빌리암, 그런 조건이라면 엠마는 차라리 나랑 같이 있는 게 나을 것 같아."

"좋아, 스무 갑."

빌리암은 총알처럼 재빨리 일어나 물건을 가져왔다.

"나도 이런 일로 흥정하고 싶지는 않아. 하지만 난 분명 열다섯 갑이라고 했어."

"이제 와서 그런 게 뭐 그렇게 중요해? 게다가 엠마의 가치는 스무 갑 이상이야."

빌리암이 매스 매슨에게 총을 건넸다.

"이 총은 날씬하고, 섬세하고, 다루기도 편해."

매스 매슨이 미소지었다.

"엠마하고 똑같네."

이것으로 엠마는 빌리암의 여자가 되었다.

그날 저녁, 검은 머리 빌리암은 더없이 행복한 마음으로 잠자리에 들었다. 그는 엠마와 함께 과거를 회상하고 미래를 설계하며 오랫동안 이야기를 나누었다. 엠마를 만난 후 처음으로 법의 보호 아래 있다는 느낌이었다.

"이제 엠마의 애인은 나야." 그가 콧노래를 불렀다. 그리고 편안한 마음으로 사랑에 빠진 청년이 할 만한 모든 일을 했다.

한편, 매스 매슨은 수지맞는 거래를 했다. 풍부한 상상력이 거의 새것이나 다름없는 스티븐스 엽총을 그의 품에 안겨준 것이다. 총은 손에 착 감겼고, 2연발이라 여러모로 쓰임새도 많았다. 빌리암이 엠마에게 정성을 쏟는 만큼 매스 매슨도 새 무기를 애지중지했다. 열심히 연습한 덕분에 한 주도 되지 않아 100걸음 떨어진 곳에서 성냥갑에 그려진 위대한 토르덴숄드 제독의 이마에 총알을 박는 데 성공했다.

그렇다고 매스 매슨이 양심의 가책을 아예 느끼지 않은 것은 아니었다. 빌리암이 살짝 걱정스럽기도 했다. 그래서 그는 기회가 닿는 대로 제일 가까운 이웃인 비요르켄에게 엠마 이야기를 해주어야겠다고 생각했다.

빌리암은 엠마와 함께 행복하게 지냈다. 엠마와의 관계에서 매스 매슨을 완전히 배제하고 맞은 첫 한 달 동안은 사랑에 취해서 비틀거렸다. 그런데 어느 정도 관계가 안정되자 일상이 우선시되기 시작했다. 빌리암은 예전처럼 혼자서 사냥을 떠났고, 어떤 날 저녁에는 엠마에게 다정한 말도 한마디 건네지 않고 잠이 들었다. 가끔은 후회하는 마음으로 매스 매슨에게 준 총을 바라보며 한참을 서 있기도 했다. 하지만 그때마다 빌리암은 엠마에 대한 권리가 자신에게 있다는 사실을 떠올리며 스스로를 위로했다. 이제 엠마에 대한 권리를 주장할 수 있는 남자는 자기뿐이었다. 비요르켄이 오기 전까지는 이러한 상황이 반복되었다.

빌리암은 비요르켄을 보자마자 예사롭지 않은 기미를 알아챘다. 무언가 알 수 없는 것이 밀가루처럼 새하얀 거구의 사내를 무겁게 짓누르고 있었다. 비요르켄의 두 눈은 텅 비어 있었다. 아이슬란드 스웨터를 벗고 등에 새긴 불을 뿜는 용을 자랑하려 들지도 않았다. 마침 매스 매슨은 덫을 거두러 가고 없었다. 빌리암은 이상한 점이 한두 가지가 아닌 비요르켄을 혼자 보기가 아까웠다.

"비요르켄, 어디가 아파? 몸이 안 좋아 보여." 빌리암이 걱정스레 물었다.

비요르켄은 의자 위로 털썩 주저앉았다. 그가 의기소침한 얼굴로 푸념을 늘어놓았다.

"교육을 받지 못한 사람은 아마 이런 것도 병이라고 부를 거야."

비요르켄이 자기 가슴을 쳤다.

"빌리암, 여기, 이 안에 뭐가 있는데, 아무리 애를 써도 나가지를 않아."

"그래? 그게 뭔데 안 나가지? 이상하네."

빌리암은 놀란 얼굴로 비요르켄의 빈약한 상체를 쳐다보았다.

"활력제가 필요하겠어."

두 사람은 원기를 북돋워주는 음료를 마셨다. 효과가 있었는지 의자에 앉은 비요르켄의 몸이 똑바로 펴졌다. 두 사람은 한동안 말없이 음료를 홀짝였다. 잠시 후 비요르켄이 자신을 괴롭히는 문제를 털어놓았다.

"이제 다 끝났어. 난 인간도 아니야. 조만간 가슴속에 있는 이게 나를 죽일 거야. 아니면 내가 나를 죽이든가.”

빌리암이 고개를 끄덕였다.

“내 생각에는 해결책이 아주 없는 일은 아닌 것 같아. 그리고 왜 그런지 알 것 같기도 해.”

비요르켄이 눈이 반짝였다.

“그게 무슨 소리야?”

“나는 네가 사랑에 빠졌다고 생각해.” 빌리암이 대답했다. 그리고 한숨을 쉬며 한때 그를 사로잡았던 번뇌의 시간을 떠올렸다.

빌리암의 이 말에 늙수그레한 비요르켄의 얼굴에 생기가 돌기 시작했다.

“맞아. 빌리암, 나는 사랑에 빠졌어. 그런데 너 설마 이 일을 온 연안에 떠들고 다니지는 않을 거지? 널 믿어.”

“그럴 줄 알았어”

빌리암이 실소를 터뜨렸다. 그는 사랑에 빠진 비요르켄을 도저히 상상할 수가 없었다.

“네가 믿든 말든 상관없어. 사실이니까.”

비요르켄은 고개를 숙인 채 우둘두둘한 식탁 표면을 응시했다.

“갑자기 일어난 일이야. 나는 그녀를 사랑하고, 그녀도 나를 사랑해. 그뿐이야.”

"뭐야, 그럼 좋은 일이잖아!"

빌리암이 식탁 너머로 팔을 뻗어 비요르켄의 어깨를 토닥였다.

"그런데 왜 질질 짜고 그래? 그럴 이유가 없잖아?"

비요르켄이 매서운 눈으로 빌리암을 노려보았다.

"지금 뭐라고 했어? 어떻게 네가 나한테 그런 말을 할 수 있지?" 그가 씁쓸한 어조로 말했다.

"비요르켄, 왜 그래? 내가 뭘 잘못했다고?"

빌리암은 사랑에 빠진 사내들이 상처받기 쉽다는 사실을 경험을 통해 알고 있었다.

대화가 이쯤 진행되자, 빌리암은 비요르켄에게 무슨 일이 일어난 건지 대충 짐작이 갔다. 비요르켄의 현 상태와 자신의 예전 상태를 비교해본 결과였다. 그가 물었다.

"서로 좋아하는 거야?"

비요르켄이 고개를 끄덕였다. 가능한 빌리암과 시선을 마주치지 않으려고 그는 방 안 여기저기로 눈알을 굴렸다.

두 사람은 한동안 말없이 생각에 빠져들었다. 빌리암은 당혹스러웠다. 의심쩍기는 했지만 아직 확신은 없었고, 그렇다고 대뜸 물어볼 수도 없었다. 그는 의혹이 사실이 될까 봐 은근히 겁이 났다. 먼저 침묵을 깬 것은 비요르켄이었다. 그가 말했다.

"벌써 몇 주째 잠을 설치고 있어." 그가 거의 속삭이듯 말했다. "난 낮짝과 라스릴에게도 골칫거리가 되었어. 저주받은 영혼처럼 방황하고만 있거든. 사과 도넛 같은 그녀의 육체와 진홍빛 입술이 어디를 가든 따라와서 아무것도 할 수가 없어."

비요르켄은 빌리암을 향해 고개를 돌렸다. 그의 두 눈은 촉촉하게 젖어 있었다.

"빌리암, 나한테 엠마를 양보하지 않을래?" 비요르켄이 힘없는 목소리로 애원했다.

그 순간, 빌리암의 사고 회로가 멈추었다. 그러더니 두서없는 생각들이 소용돌이치며 무질서하게 부딪쳤다. 빌리암은 혼란스러웠다. 엠마가 나를 버리다니! 나같이 멋진 사내를 잊고 밀가루 벌레 같은 놈을 좋아하다니! 비요르켄과 잠을 자고, 그것도 모자라서 놈을 사랑하게 되었다니! 순간, 매스 매슨에게 준 총이 눈앞에 떠올랐다. 일이 이렇게 된 이상 득이 되는 거래라도 해야겠다는 생각이 불쑥 들었다.

"뭘 줄 건데?" 빌리암이 차가운 어조로 물었다.

"원하는 걸 줄게." 비요르켄이 대답했다. 그의 목소리에 희망이 묻어났다.

"네가 가진 것 중에서 값진 게 뭐가 있는데?"

"아무것도 없어." 비요르켄이 솔직하게 대답했다. "지난 계절에 얻은 모피는 문신 예술가한테 다 줬고, 총도 낡았어. 개들도 낯짝과 라스릴의 것이고."

"흠……."

빌리암은 생각에 잠겼다.

"그래도 잘 생각해봐. 뭔가 값어치 있는 게 있을 거야." 그가 단정했다. "누구나 자기가 좋아하는 게 하나쯤 있으니까."

비요르켄이 천천히 아이슬란드 스웨터를 벗었다. 그리고 빌리암에게 등을 돌려 보였다.

"이거야." 그가 말했다. "내가 가진 것 중에서 값어치가 있는 건 이것밖에 없어. 빌리암, 이걸 가져. 그리고 엠마를 나한테 양보해."

빌리암은 놀라 휘둥그레진 눈으로 비요르켄의 등을 바라보았다. 입에서 불을 뿜는 용이 어깨부터 허리까지 이어져 있었다. 용은 비요르켄이 근육을 움직일 때마다 붉은 불꽃을 내뿜으며 춤을 추었다.

"나한테 이걸 뜯어가란 말이야?" 용에서 시선을 떼지 못한 채 빌리암이 물었다.

"아니, 그렇게는 안 돼. 지금은 그냥 원래 자리에 있어야 해. 그래도 네가 갖겠다면 이제부터는 네 거야. 내가 죽은 다음에는 네 마음대로 해도 좋아.”

빌리암은 손을 뻗어 용을 더듬어보았다. 눈으로 보는 것만큼이나 촉감도 환상적이었다.

“이것밖에 가진 게 없다면 어쩔 수 없지. 이 괴물로 만족할 수밖에.”

빌리암은 비요르켄의 피부를 살짝 꼬집었다. 용이 색깔을 바꾸는지 알아보기 위해서였다. 하지만 아쉽게도 색이 바뀌지는 않았다.

“비요르켄, 잊지 마. 이제부터 이 용은 내 거야. 그러니까 내 허락 없이는 아무에게도 보여줄 수 없어. 절대로 까먹어선 안 돼, 알았지?”

“영원히 잊지 않을게. 그럼 이제 엠마의 애인은 나야.” 비요르켄이 엄숙히 선언했다.

“그래, 이제 엠마는 네 거야.” 빌리암이 침울한 얼굴로 말했다.

매스 매슨이 돌아왔을 때는 비요르켄이 이미 떠난 뒤였다. 빌리암은 매스 매슨에게 비요르켄과의 거래를 이야기하면서 만족감을 드러냈다. 솔직히 말하자면 요즘 엠마가 꽤 거추장스럽게 느껴졌는데 다시 혼자가 되어서 홀가분해졌다는 것이다. 더욱이 이번 거래로 그는 많은 이의 관심을 한몸에 받을 수 있었다. 총천연색의 불을 내뿜는 용은 아무나 가질 수 있는 게 아니었다. 게다가 그 용은 다른 사람의 등짝에 붙어 있었다.

매스 매슨은 빌리암의 생각에 전적으로 동의했다. 그가 턱수염을 한 움큼 꽈서 귀를 후비기 시작했다.

"쯧, 망할 놈의 엠마 같으니!" 매스 매슨이 고개를 흔들며 중얼거렸다.

그는 비요르켄이 북쪽으로 가서 멋진 쌍안경을 받고 로이비크에게 엠마의 애인 자리를 넘겨주는 광경을 떠올렸다.

"그 여자에게는 정말이지 뭔가가 있어."

매스 매슨이 고개를 끄덕였다.

"굉장히 예쁘기도 했고."

매스 매슨이 덧붙여 말했다.

"환상적이었지. 정말 살아 있는 것 같았으니까." 빌리암은 한숨을 내쉬고, 이제 자기 것이 된 불을 뿜는 용을 떠올렸다.

즐거운 장례식

—

마그누스 폰 베일 백작이 부활한 라
자로라는 별명을 갖게 된 이유

11월 1일, 얄이 죽었다. 경우가 없어도 너무 없는 죽음
이었다. 로이비크는 그가 왜 그렇게 서둘러서 저세상으
로 갔는지 이해되지 않았다. 하지만 내과적인 문제임은
분명했다. 외견상 별다른 이상이 없었기 때문이다. 점심
을 먹기 전이었다. 얄은 커다란 얼음덩이를 등에 이고 집
으로 오고 있었다. 달이 바뀌어서 주방 일을 교대하기
위해서였다. 로이비크가 동료의 죽음에 화가 난 이유가
여기에 있었다. 그는 간밤에 광을 낸 낡은 89년식 소총
으로 집 앞에서 사격 연습을 하고 있었다. 그런데 얄이

갑자기 숨을 헐떡이며 비틀거리더니 눈 위로 고꾸라졌다. 등에 지고 있던 얼음덩어리는 배 위로 올라가 있었다.

"이건 아니지, 이 사람아! 이건 반칙이라고!" 로이비크가 소리쳤다.

로이비크는 배가 고팠고, 점심을 먹고 싶었다.

"일어나, 친구."

하지만 얄은 일어날 마음이 전혀 없어 보였다. 징 박힌 장화 코로 이리저리 건드려도 마찬가지였다. 얄은 마치 죽은 사람처럼 눈 위에 대자로 뻗은 채 움직이지 않았다.

"이건 반칙이야." 로이비크가 다시 소리쳤다. "네가 밥을 할 차례잖아. 그런데 일도 안 하고 이렇게 누워 있으면 어떡해!"

듣지 못한 것인지, 아니면 대답할 힘이 없는 것인지, 얄은 아무런 대꾸가 없었다.

로이비크는 얄의 팔을 잡아끌고 따뜻한 실내로 데려간 뒤, 아래층 침대에 눕히고 장갑과 털모자를 벗겼다.

"이제 몸이 녹을 거야." 그가 말했다. "그러면 얼른 일어나서 점심 식사를 준비해. 진정한 사냥꾼이라면 그래야 해."

얄이 쉬기 시작한 지 한 시간 정도가 지나서야 로이비

크는 그가 식사를 준비할 때까지 기다리다가는 영원히 점심을 먹지 못하리라는 것을 알았다. 로이비크는 바다 표범 고기를 냄비에 넣어 화덕 위에 올리고 불을 지폈다. 그리고 식탁에 앉아서 물이 끓기를 기다리며 얄을 비난했다.

"염병할, 넌 형편없는 사냥꾼이야." 그가 성질을 부리며 쏘아붙였다. "내가 요리 담당일 때는 한 달 내내 그렇게 돼지같이 처먹더니 자기 차례가 오자마자 뒈지다니! 어쩌면 그렇게 양심이 없지?"

로이비크가 작고한 고인에게 참고 있던 분노를 터뜨렸다.

"나한테 원하는 게 뭐야? 땅에라도 묻어주길 바라? 이 빌어먹을 추위 속에서 자갈밭을 파내다가 내가 얼어 죽길 바라는 거냐고?"

로이비크가 주먹으로 식탁을 내리쳤다.

"젠장, 친구 하난 잘 뒀네. 한겨울에 카미크를 벗고 황천길로 가버리면 나더러 어쩌란 말이지? 왜 이렇게 사람을 귀찮게 하는데? 늙은 여우 같은 놈! 넌 늘 이런 식이었어. 하기 싫은 일은 매번 잘도 빠져나갔지."

로이비크는 뼈마디가 굵은 손으로 다시 한번 식탁을 내리쳤다. 그의 시선이 얄에게서 고기 냄비로 옮겨갔다.

"이게 무슨 경우지? 빌어먹을, 이제 좀 친해졌다 싶었는데 이렇게 가버리면 나 혼자 어떻게 하라고?"

그가 고개를 흔들었다.

"내 말이 맞았어. 페로제도산 펌프를 달고 나온 놈들은 죄다 불량품이야. 얄, 너도 펌프가 작살난 거야."

로이비크가 고개를 저으며 중얼거렸다.

한동안 로이비크는 끓고 있는 냄비에서 한동안 시선을 떼지 않았다. 수많은 생각이 벌집 속의 벌처럼 머릿속에서 윙윙거렸다. 동료가 갑자기 세상을 떠나면 해야 할 일이 많았다. 고기 요리가 끓기 시작한 지 한 시간 정도가 지났다. 로이비크는 냄비를 식탁에 올린 뒤 발길질로 밸브를 잠갔다. 그리고 식탁으로 돌아가 음식을 먹기 시작했다.

"입을 왜 그렇게 벌리고 있어?" 그가 투덜거렸다. "그런다고 스테이크가 네 입에 들어갈 거 같아? 염병할, 나한테 일을 다 떠넘기고 그렇게 누워 있으니까 편하고 좋아? 이봐, 내가 다시 혼자가 되는 게 싫어서 이러는 건 아니야. 그러니까 그런 생각일랑 말아. 우라질 놈 같으니. 널 정말 어떻게 해야 하지?"

만족스러운 표정으로 입을 벌리고 침대에 누워 있는 얄을 힐끔거리며 로이비크가 말했다.

한편으로는 기념할 만한 날이라는 생각도 들었다. 로이비크는 자리에서 일어나 벽장에서 화주 한 병을 꺼내왔다. 거품이 일지 않도록 조심히 잔에 술을 따른 다음, 창백한 얄을 보며 잔을 들었다.

"머저리 같은 페로제도 놈을 위해 건배! 네가 떠난 걸 축하하며 건배! 저세상에서의 건강을 위해 건배!"

로이비크가 연거푸 술을 들이켰다.

화주 몇 잔이 들어가자 마음이 한결 편안해졌다. 얄이 갑작스럽게 저세상으로 사냥을 떠난 것은 야속했지만, 좋은 점도 몇 가지 있었다. 8리터나 남은 화주를 혼자서 해치울 수 있었고, 자기가 살았던 대서양의 작은 섬에 대해 늘어놓는 얄의 장광설을 영원히 듣지 않아도 되었다. 게다가 혼자 먹으려고 창고에 감춰둔 돼지고기 통조림 세 통도 더는 숨길 필요가 없었다. 무엇보다 좋은 점은 조준경이 장착된 얄의 멋진 새 총을 마음대로 사용할 수 있다는 것이었다.

"얄, 너도 알겠지만 11월에 죽으면 장례를 간단하게 치러." 그가 망자에게 설명했다. "그러니까 큰 기대는 마. 널 덮어주려고 내가 눈 밑을 뒤져서 돌멩이를 골라내지는 않을 거란 말이야. 난 이제 혼자서 주방 일도 해야 하고 여우 덫도 보러 가야 해. 경우 있는 죽음은 아니었지만,

그래도 장례 맥주는 마셔줄게. 그게 사람의 도리니까.”

로이비크는 의자를 침대 곁으로 가져갔다. 얄의 텅 빈 눈은 어딘가를 향해 있었는데, 로이비크는 그런 얄이 바보 같아 보였다.

“넌 예쁜 것과는 늘 거리가 멀었어.” 그가 거의 다정하게 말했다.

그는 술병을 잡고 어루만졌다.

“펌프가 고장 난 지금도 전혀 예쁘지 않고. 그래서 말인데, 장례를 치르기 전에 좀 꾸미는 게 좋겠어. 어때?”

얄은 대답이 없었고, 로이비크 역시 대답을 기대하고 말한 것은 아니었다. 로스만에서 몇 년째 혼자 살다 보니 혼잣말을 하는 버릇이 생긴 것뿐이었다.

“뻣뻣해지기 전에 그 벌린 입부터 좀 닫아야겠어.”

로이비크가 고개를 끄덕였다.

“눈을 감는 게 보기에도 나을 것 같고.”

로이비크는 계획을 실행에 옮기기 위해 자리에서 일어났다.

“자세도 똑바로 잡아야겠지? 안 그러면 썰매에서 떨어질 테니까. 잠깐 차가운 곳에 나가 있는 것도 안전상 좋을 것 같아. 외로워지면 말해. 안을 들여다볼 수 있게 창가에 의자를 놓고 앉혀줄게.”

로이비크는 활력제를 여러 번 들이켠 뒤 신중하게 작업에 착수했다. 그는 먼저 가죽끈으로 얄의 머리를 칭칭 감아 아래턱을 고정했다. 그런데 뭔가 허전했다.

"맞다, 파이프! 파이프를 가져가야지. 아무렴, 그렇고말고."

그는 얄이 넘어지면서 떨어뜨린 파이프를 찾아다가 망자의 잇새에 끼워 넣었다. 그러자 훨씬 자연스러워 보였다. 로이비크는 얄의 눈을 감기고 밖으로 데려갔다. 그러고는 주방에서 가져온 의자에 앉혀 밧줄로 동여맨 다음, 의자를 처마 밑 눈밭에 놓아두었다. 이렇게 하면 얄이 혹시 심심하더라도 거실을 들여다볼 수 있었고, 안에서도 여우들이 시신을 물어가지 않도록 내다볼 수 있었다.

재빨리 시신을 수습한 뒤, 로이비크는 거실로 돌아가 슈냅스를 마시고 침대에 누워서 잠시 고인을 생각하다가 잠이 들었다.

얄과 로이비크는 먼저 비요르켄보르의 친구들을 찾아갔다. 나쁘지 않은 방문이었다. 비요르켄보르의 주민들은 얄이 눈을 감은 채 입에 파이프를 물고 썰매 짐칸에 묶여 있는 것을 보고 인상적이라며 로이비크를 치켜

세웠다. 낮짝은 돋보기로 얄을 자세히 살핀 다음, 죽은 친구에게 베푼 로이비크의 섬세한 배려와 살뜰한 보살핌에 칭찬을 아끼지 않았다.

"얄은 좋은 사람이었어." 로이비크가 겸손하게 말했다. "페로제도 출신이지만, 최고의 대접을 받아 마땅한 사내였지."

"언젠가는 우리도 얄이 있는 저세상으로 가겠지? 그럼 우리도 이렇게 친구들 집을 방문하고 싶을 거야." 낮짝이 속삭이듯 말했다. "왠지 격식을 갖춰 작별 인사를 하는 것 같잖아. 여행을 하면서 친구들과 동물들, 대자연에게 마지막 인사를 하는 거지. 로이비크, 정말 아름다운 배려야."

수줍어진 로이비크는 모두가 흥미를 가질 법한 무난한 주제로 화제를 돌렸다.

"장례식 만찬에 대해 생각을 좀 해봤어." 그가 말했다. "그런데 우리 집에는 차릴 게 별로 없어. 얄이 예고도 없이 가버린 데다가, 이 친구가 늘 목이 말라 집에서 술만 퍼마셨거든."

로이비크는 털모자를 벗어들고 그걸로 얼굴을 닦았다.

"모두 조금씩만 보태면, 그래도 괜찮은 장례를 치를 수 있을 것 같아. 얄이 받아 마땅한 성찬이 되는 거지."

"그럼 우리는 독주 다섯 병하고, 맥주 반 통을 낼게!"
비요르켄이 흥분해서 소리쳤다.

고인에게 품위 있는 마지막을 선물하기 위해서였다.

헤르베르트는 지원을 덜 하는 대신 관을 짤 널빤지 열여섯 장을 제공하기로 했다. 럼 계곡에 사냥 오두막을 짓기 위해 마련한 것이었지만 마지막 거처가 필요한 얄을 위해 양보하기로 한 것이다. 헤르베르트는 말이 나오자마자 곧바로 관을 짜기 시작했다. 장례식 전까지 로스만으로 가져가기 위해서였다.

할보르와 닐스의 집에는 가지 않았다. 두 사람이 올해에는 조용히 지내고 싶어 한다고 다들 생각했다. 그래서 로이비크와 얄은 곧바로 밸프레드와 안톤의 집으로 향했다. 때마침 그 두 사람은 앞으로 몇 달간 마실 술을 증류해놓은 터였다. 밸프레드와 안톤은 비축분 전부를 기증하기로 하고, 백작의 집까지 흔쾌히 동행했다. 백작은 라벨이 붙은 포도주 여덟 병과 맥주 13리터를 지원했다.

로스만으로 돌아오는 길에는 썰매 행렬이 바다뱀처럼 길어졌다. 얄은 파이프를 잇새에 꽉 물고 미동도 하지 않았다. 죽었으니 당연한 일이었다. 어느새 뺨이 창백하게 변하고 턱수염 윗부분이 살짝 갈라지기는 했지만, 그 점만 제외하면 생전의 모습과 크게 다를 바가 없었다.

로이비크는 모두를 집 안으로 불러들였다. 사냥꾼들은 개들을 매고 어포를 먹인 다음 발에 묻은 눈을 털어내고 실내로 들어갔다. 얄은 바깥에 남아 창문 앞 의자에 앉아 있었다. 목수와 관은 아직 도착하지 않았다.

자정이 거의 다 되어서 헤르베르트가 왔다. 널빤지 열여섯 장으로 만든 관은 그린란드 북동부 역사에 없었던 독특한 모양이었다. 로이비크는 관의 모양이 예전에 자기가 사용하던 매복용 배와 매우 흡사하다고 말했다. 그러자 헤르베르트는 사실 자기가 만든 것은 뚜껑이 달린 매복용 배라고 고백했다. 언젠가는 얄이 개들에게 먹힐 게 뻔한데, 열여섯 장의 질 좋은 널빤지를 관으로 썩히면 아무래도 후회할 것 같았다는 것이었다. 뱰프레드가 관뚜껑에 볼록하게 솟아난 부분을 가리키자, 헤르베르트는 얄의 뚱뚱한 배를 고려해 만들었다고 설명했다. 헤르베르트의 탁월한 손재주에 모두가 고개를 끄덕이며 식탁에 둘러앉았다.

사냥꾼들은 추위 속에 홀로 남아 있던 얄을 데려다가 식탁 끝에 앉혔다. 그는 여전히 파이프를 입에 물고 있었고, 어느새 턱수염에는 고드름이 얼어 가슴까지 길게 자라 있었다. 얼핏 보면 얄이 편안하게 의자에 앉아 있는 것 같았지만, 그는 이미 뻣뻣하게 굳은 채 심장까지 얼어붙은 터였다.

비요르켄이 '쨍' 하고 자기 잔을 부딪치며 자리에서 일어났다. 장례 만찬의 주된 후원자로서 추도사를 할 권리가 자기에게 있다고 생각한 것이다. 하지만 이것은 그의 착각이었다. 비요르켄이 입을 열기도 전에 로이비크가 다음과 같이 소리쳤기 때문이다.

"비요르켄, 일장 연설은 조금 있다가 하고, 먼저 몸이나 좀 녹이자. 얄도 분명 그러고 싶을 거야."

비요르켄은 기분은 조금 나빴지만, 로이비크가 잔치의 주최자이자 집의 주인이었으므로 양보하기로 했다.

사냥꾼들은 스웨덴식으로 엄숙하게 건배를 했다. 제일 먼저 시신과 건배하고 자기들끼리 잔을 부딪친 다음, 트림을 하고, 음식을 씹고, 투덜거리고, 입을 닦았다. 그러는 사이에 얄의 이마에 작은 물방울이 맺히기 시작했다.

"얄을 의자에 묶는 게 좋겠어." 검은 머리 빌리암이 제안했다. "안 그러면 얼었던 몸이 녹으면서 넘어질 거야."

"장례 의식이 길어지면 분명 그렇게 되겠지." 매스 매슨이 식탁 위에 놓인 다량의 술병을 쳐다보며 말했다. "그래서 말인데 시신이 훼손되지 않게 소금을 쳐두자.

어때?"

로이비크는 혀를 차며 화주 맛을 음미했다.

"그건 안 돼." 로이비크가 단호히 말했다. "얄은 내 친구였어. 그런데 어떻게 친구를 포박하지? 얄은 의식이 끝날 때까지 이 의자에 앉아 있어야 해. 소금을 치는 것도, 묶는 것도 안 돼."

"녹으면 카펫 위로 넘어질 텐데?" 검은 머리 빌리암이 지적했다. "식탁 위로 고꾸라졌다가 바닥으로 내동댕이쳐질 거야."

"얄이 흐느적거리면 눈밭을 한 바퀴 돌면 돼. 그러면 바람에 말린 여우 가죽처럼 다시 뻣뻣해질 테니까."

사람들은 로이비크의 말에 따라 얄을 처리하기로 했다.

몇 시간이 지났다. 먼저 그들은 헤르베르트의 술병을 꺼내고, 백작이 자신 있게 준비한 부야베스*를 먹었다. 그런 다음 비요르켄이 넉넉히 베푼 술의 도움을 받아 몸을 덥혔다. 그사이 얄은 심장까지 꽁꽁 얼어붙기 위해 밖으로 나갔다가, 흐느적거리기 위해 다시 실내로 들어왔다. 분위기가 고조되자 볼이 벌겋게 달아오른 매스 매

---

*   프랑스 남부의 음식으로 사프란을 넣어 만드는 해산물 수프

슨이 카드놀이를 하자고 제안했다. 자기 기억이 맞다면, 얄이 카드놀이를 꽤 좋아했기 때문이다.

그때, 추도문을 읊을 때가 되었다고 판단한 비요르켄이 자리에서 일어나 격앙된 목소리로 외쳤다.

"모두 조용! 고인을 위해 경건한 마음을 좀 가져봐."

비요르켄의 말에 따라 모두가 경건한 마음으로 입을 다물었다. 비요르켄이 평소의 목소리로 말을 이었다.

"나는 얄을 위해 멋진 추도사를 준비했어. 그런데 기억이 나지 않아."

"신이여 고맙습니다!" 여기저기서 중얼대는 소리가 들려왔다. 모두 추도사를 듣지 않게 되어서 다행이라는 분위기였다.

"얄은 좋은 사람이었어. 그래서 난 이 친구가 이렇게 들락날락하는 꼴을 더는 보고 싶지 않아. 얄은 이제 새집에 들어가야 해. 뚜껑도 덮고 그 안에서 평화롭게 잠들어야 해."

비요르켄이 소리 높여 외쳤다.

"얄을 관에 넣자는 말이야. 여기 앉아서 멀뚱멀뚱 우릴 쳐다보는 것도, 밖으로 끌려나가 꽁꽁 얼어붙는 것도 얄에게는 피곤한 일일 거야. 그러니까 얄을 이제 관에 들이자. 자, 내 말은 끝났어. 서둘러. 더는 지체할 시간이 없어."

그의 목소리에는 자기 말대로 하지 않을 경우, 가지고 있는 술을 더 내놓지 않을 거라는 무언의 압박이 깃들어 있었다. 그래서 모든 일은 비요르켄이 바라는 대로 진행되었다.

천만다행으로 해동이 꽤 진행되어서 얄은 쉽게 펴졌고, 관에도 넣을 수 있었다. 얄의 몸은 1센티미터의 오차도 없이 관에 딱 맞았다. 턱수염 위에 파이프를 올리고, 양손을 뚱뚱한 배 위에 포개놓자 이상하게도 얄은 잘생겨 보이기까지 했다. 이제까지 이렇게 평화로운 시신은 본 적이 없다고 모두가 입을 모았다. 선 채로 얄을 바라보던 사내들은 엄숙한 분위기에 사로잡혀서 관 뚜껑을 덮어야 할지 말아야 할지 선뜻 결정을 내리지 못했다.

"뚜껑을 덮으면 상자 안이 깜깜해지잖아요. 무서울 것 같아요." 라스릴이 속삭였다. "니리면 상자 속에 갇히고 싶지 않을 거예요."

로이비크가 애원하는 얼굴로 비요르켄을 쳐다보았다.

"맞아, 이건 얄의 잔치잖아? 말만 못 할 뿐이지, 녀석도 뚜껑을 덮고 싶지는 않을 거야."

비요르켄은 자기 뜻을 굽히지 않았다.

"얄은 저 안에서 쉬어야 해. 하지만 모두가 원한다면,

지금 당장 뚜껑에 못을 박지는 않을게."

비요르켄이 관 뚜껑을 비스듬히 덮어서 얄의 얼굴로 한 줄기 빛이 들 수 있게 해주었다.

"그럼 이제 카드놀이를 해볼까?" 그가 말했다.

사냥꾼들은 얄이 좋아하던 단순한 규칙의 카드놀이를 했다. 라벨이 붙은 포도주와 화주, 수제 맥주를 한꺼번에 들이켜며 모두의 몸이 뜨거워졌고, 분위기가 고조되었다. 여러 가지 술을 섞어 마신 탓인지 비요르켄은 예상보다 더 이르게 식탁 아래로 사라졌다. 그러자 사냥꾼들은 얄을 다시 관에서 꺼내 식탁 끝, 그의 자리로 데려다 앉혔다. 고인의 명복을 빌기 위해 마련된 자리이기에 최소한 만찬이 끝날 때까지는 얄이 상석을 지켜야 한다고 생각해서였다. 다만 이번에는 얼리는 과정을 생략하기 위해 의자에 앉힌 얄의 몸을 뒤로 젖히고 다리를 식탁 기둥에 꽷다. 얄은 평화로운 얼굴로 입에 파이프를 물고 있었다. 그렇게 제법 긴 시간을 같은 자세로 앉아서, 시끌벅적한 소음과 담배 연기를 견뎠다. 사냥꾼들은 그를 향해 술잔을 들고, 영원히 기억에 남을 장례식 만찬이라고 떠들었다. 그들은 얄이 살아 있던 때처럼 말을 걸었는데, 시간이 꽤 흐른 뒤에는 아무도 그가 죽었다는 사실을 기억하지 못했다.

얄의 다리 하나가 식탁 기둥을 벗어나며 시체가 천천히 식탁 아래로 미끄러졌다. 장례식에 참석한 이들 중 그 모습을 이상하게 생각하는 사람은 아무도 없었다. 평소 얄은 술에 취하면 식탁 밑으로 기어들어가는 버릇이 있었다.

"얄이 따라오기 힘든 것 같아." 매스 매슨이 딸꾹질을 하며 말했다. "쯧쯧, 나이가 든 거지. 갈 때가 된 거야."

"섬사람들은 원래 술을 잘 못 마셔." 로이비크가 활짝 웃으며 말했다.

로이비크는 의자 위에 널브러진 채, 사팔눈이 될 때까지 손에 쥔 카드를 뚫어져라 노려보았다. 그런데도 하트와 스페이스가 구별되지 않았다.

잔치는 이틀날까지 밤새 이어졌다. 백작은 일찌감치 자리를 떴다. 그는 식탁에서 벗어나더니 네발로 기어서 관으로 들어갔다. 관의 내부는 자루를 덧대고 침대보까지 깔려 있어서 무척 편안했다. 곧이어 백작이 기품 있으면서도 경쾌하게 코 고는 소리가 들려왔다. 그쯤 이르자 잔치가 어쩌다 벌어졌는지 아무도 기억하지 못했다. 하지만 잔치야 즐겁기만 하면 그만이기 때문에, 누구도 중요하게 생각하지 않았다.

관을 다시 발견한 사람은 매스 매슨이었다.

"이런! 여기 죽은 사람이 있어." 그가 소리쳤다.

"누가 죽었어?" 로이비크가 물었다.

"여기 관이 있잖아. 그러니까 어떤 멍청이가 죽은 거지." 매스 매슨이 추론했다.

"관 속에 누가 있는데?" 헤르베르트가 물었다.

매스 매슨이 관 속으로 고개를 들이밀었다.

"백작! 백작이 죽었는데? 냄새나기 전에 빨리 묻어주자."

그는 비틀거리며 관 뚜껑을 덮었다.

"주정뱅이들, 어서 일어나!" 매스 매슨이 소리쳤다. "집에 죽은 사람이 있다니까! 고인에게 경의를 표해야지!"

그 말에 술 취한 사내들이 모두 일어났다. 사냥꾼들은 관에 달라붙어서 끙끙거리며, 어렵사리 관을 눈밭으로 끄집어냈다. 눈 위에서는 관을 옮기기가 훨씬 쉬웠다. 관은 부드럽게 미끄러지며 빙원으로 향했다. 자비로운 신의 보호 아래서, 그들은 노래하고 소리치며 관을 밀고 당겼다. 그리고 마침내 바다 앞 벌거벗은 바위에 이르렀다. 그 사이에도 낮짝은 계속해서 아무도 듣지 않는 말을 중얼거렸다. 사냥꾼들은 털모자를 벗어들고 서로에게 잇대어 한 줄로 늘어섰다. 그런 다음, 낮짝의 알아들을 수 없는 말이 끝나자마자 관을 힘껏 밀어서 바다에 빠뜨리고 집을 향해 냅다 뛰기 시작했다. 어서 집으로 들어가 몸을 녹이기 위해서였다.

잠시 후, 유감스럽게도 장례식용 술이 떨어졌다. 그제야 방문객들은 사태를 명료하게 보기 시작했다. 맨 처음 정신을 차린 것은 비요르켄이었다. 그는 잠에서 깨어나며 자기 머리가 얄의 품에 안겨 있다는 것을 알았다.

"이게 어떻게 된 거야?" 그가 말했다. "얄은 이미 땅에 묻혔잖아?"

식탁 위에 엎드려 반쯤 잠들었던 매스 매슨이 두 팔 사이로 고개를 들었다.

"얄이라고?" 그가 말했다. "우리 곁을 떠난 건 백작이야!"

비요르켄이 다시 식탁 밑으로 기어가 얄을 살폈다.

"죽은 건 얄이야. 그런데 관은 어디 있어?"

벨프레드와 같이 침대에 누워 있던 로이비크가 한쪽 눈을 떴다.

"백작은 어디 있어?" 그가 물었다.

비요르켄이 절벽을 향해 걸으며 매스 매슨에게 속삭였다.

"백작은 참 좋은 사람이었어. 연안에 한 명쯤 있으면

좋을, 그런 사람이었지. 그런데 이렇게 죽다니! 정말 유감이야."

매스 매슨이 미안한 얼굴로 고개를 흔들었다.

"앞으로 이곳에 진짜 백작을 둘 날은 영원히 없을 거야. 어쩌다 이런 일이 벌어진 거지? 기가 막혀서 말도 안 나와."

한 무리의 슬픈 사내들은 발을 끌며 빙판을 가로질렀다. 모두 머리가 아팠고, 온몸이 욱신거렸고, 입안이 까끌까끌했다. 라스릴은 훌쩍거리며 사내들과 떨어져 걸었고, 낯짝은 뒤처지지 않기 위해서 헤르베르트의 허리띠를 붙잡았다. 바다에서는 안개가 피어오르고 있었다. 갑자기 헤르베르트가 소리쳤다.

"떠 있어! 이럴 줄 알았다니까! 떠 있다고!"

"떠 있긴 뭐가 떠 있다는 거야?" 매스 매슨이 으르렁거렸다.

"이 멍청아, 뭐긴 뭐겠어? 관이지!" 헤르베르트가 기뻐서 활짝 웃었다. 그가 관을 향해 달려갔다.

관이 바다 위에 떠 있었다. 선이 날렵하게 빠지고 뚜껑의 가운데가 불룩한, 작은 매복용 배였다. 매스 매슨이 관의 앞부분을 잡았고, 모두가 힘을 합해서 얼음 위로 관을 끌어 올렸다. 사냥꾼들은 뚜껑을 열고 안을 들여다보았다. 그러자 백작이 일어나 앉더니, 잠이 덜 깬 눈을 껌벅이며 늘어지게 하품을 했다.

"안녕, 모두들 잘 잤어?" 그가 놀라서 모여든 이들에게 말했다. "정말 즐거운 장례식이었어. 안 그래?"

절대 조건

문명의 혜택

라우리츠 이벨리우스는 북극에 문명을 가져왔다. 그의 여행 가방 안에는 셀 수 없이 많은 책이 들어 있었는데, 대부분은 외국 서적이었다. 테니스 라켓과 골프 바지, 코르크로 만든 방서모 등 쓸모없어 보이는 것도 많았다.

라우리츠는, 그가 불러도 좋다고 허락한 이름대로 부르자면 레우즈는, 무탈한 여행을 마치고 베슬 마리호에서 내렸다. 항해가 별다른 일 없이 지나간 것은 그가 멀미로 인해 침대에 누워 지내느라 주변에서 무슨 일이 일어나는지 전혀 몰랐기 때문이다. 그는 시워츠를 따라서 모터보트를 타고 바람의 오두막으로 갔다.

적갈색 머리카락의 시워츠는 단순했다. 크림처럼 부드러운 성격에 대부분의 상황에서 사과할 준비가 되어 있는 온화한 사람이기도 했다. 시워츠와 레우즈가 겨울을 함께 난다고 하자 연안의 주민들은 앞으로 어떤 일이 벌어질지 무척 궁금해했다.

레우즈는 기지를 둘러보았다. 멀미에서 벗어나 건강을 되찾은 그는 군대를 시찰하는 중사처럼 기지 곳곳을 둘러보며 결점과 부적절한 점을 들춰냈고, 시워츠는 종종걸음으로 쫓아다니며 용서를 구하느라 바빴다. 실내 검열이 끝나자 실외 검열이 시작되었다.

"밖은 쉽게 끝나겠군요." 레우즈가 말했다. "화장실만 보면 되니까요."

그는 문명인이어서 아무에게나 반말을 하지 않았다.

"헤, 헤…… 화장실은……."

시워츠가 바보같이 웃었다.

"딱히 화장실이라고 할 만한 시설이 없어서 보여줄 게 없어."

그가 개들을 가리켰다.

"우린 보통 저 녀석들 중 한 놈을 데리고 외진 데 가서 볼일을 보거든."

레우즈가 혐오스러운 눈길로 동료를 쳐다보았다.

"위생시설이 아주 엉망이로군요. 당장 그 문제부터 개선해야겠어요."

곧바로 개선 작업이 시작되었다. 레우즈는 세 채의 별채 오두막 중 하나를 허물고, 거기서 얻은 판자로 손수 화장실을 짓기 시작했다. 문과 창문이 있는, 곱게 대패질한 널빤지로 변기를 만들어 넣은 멋진 화장실이었다. 레우즈는 가져온 그림책에서 사진을 오려 내부를 장식했다. 화장실이 완성되면 원하는 만큼 실내에 앉아서 디킨스 시대 런던의 삶에 대해 배우고, 바닷가재 샐러드 요리법을 읽거나 십자말풀이를 즐기기 위해서였다.

레우즈는 무려 한 달 반이라는 시간을 편의 시설을 짓는 데 할애했다. 그린란드 북동부에 하나뿐인, 예쁜 화장실이었다. 게다가 오렌지색 유성 페인트로 외벽을 칠해서 눈보라가 쳐도 쉽게 눈에 띄었다.

레우즈는 포대 쪼가리로 정성껏 벽의 틈새를 메우고, 바닥에 모래와 자갈을 깔았다. 다가올 극야에 대비해 작은 석유램프까지 매달아놓으니 꽤 근사했다. 자기가 만든 화장실이 마음에 쏙 든 레우즈는 창문을 커튼으로 장식하려고 몇 주를 별렀다. 하지만 그 계획은 끝내 실행에 옮겨지지 않았다.

시워츠는 화장실을 짓는 일에 개입하지 않고, 늘 그래 왔듯 개를 데리고 볼일을 보러 다녔다. 이때만 해도 그는 레우즈가 지은 편의 시설을 사용할 마음이 없었다. 오히려 그는 스키와 개 썰매 장비를 보관하던 별채 오두막이 사라진 게 못내 아쉬웠다. 하지만 마음 한편으로는 외국 도서를 읽고, 테니스를 치며 열대용 모자까지 소유한 동료에게 오두막 하나쯤은 양보해야 한다는 생각이 들었다. 안락한 여건에서 살던 사람에게는 화장실이 꼭 필요할지도 몰랐다.

오래지 않아서 시워츠는 레우즈의 오렌지색 건물에 정이 들었다. 화장실이 기지에 득이 된다는 사실을 고백할 준비까지 마쳤다. 해변에서 돌아올 때는 특히 더 그랬다. 화장실은 위생 시설을 갖춘 문명인이 그린란드 북동부에도 존재함을 보여주는 증거였다. 시간이 흐르며 시워츠는 오렌지색 건물에 대한 생각이 간절해졌다. 레우즈가 화장실에 들어갈 때면, 그가 바람막이 안에서 편안하게 앉아 벽에 걸린 인쇄물을 읽거나 그림을 감상하는 장면이 떠올랐다. 특히 춥고 바람이 많이 부는 날이면 시워츠의 눈길은 오래도록 레우즈의 건물에 머물렀다. 사나운 개를 데리고 산속에 쪼그리고 앉아서 볼일을 보는 것도 싫었지만, 엉덩이 사이로 사정없이 파고드는 북풍을 더는 느끼고 싶지 않아서였다.

레우즈가 만든 편의 시설을 사용해보고 싶은 욕망은 서서히, 그리고 은밀히 시워츠의 마음속에서 자라났다. 시간이 지날수록 욕망은 점점 커졌고, 더는 회피할 수 없는 절대적인 요소가 되고 말았다. 결국 시워츠는 레우즈에게 그 사실을 털어놓았다.

"곤란한 문제로군요." 레우즈는 고개를 저으며 끝없이 방 안을 서성였다. "당신도 알다시피 화장실의 소유주는 나이고, 화장실이란 혼자 사용하는 공간입니다. 하지만 우린 앞으로 1년간 이 기지에서 사이좋게 지내야 합니다. 그래서 난 당신이 가끔 화장실에 가는 걸 허락하기로 했습니다. 나로서는 무척 힘든 결정이었다는 것만 알아두세요."

건물 열쇠를 손에 넣자마자 시워츠는 엉덩이에 불이 붙은 사람처럼 문을 박차고 달려나갔다.

화장실을 사용한다는 것은 참으로 가슴 벅찬 일이었다. 어느덧 레우즈의 오렌지색 건물은 시워츠에게 화주 같은 존재가 되었다. 그는 이제 화장실 없이는 한순간도 살 수 없었다. 물론 건물은 레우즈의 것이므로 열쇠를 받으려면 매번 간청해야 했다. 성가시면서도 굴욕적인 일이었다. 하지만 화장실에 자리를 잡고 앉아서 작은 창문으로 밖을 내다보면 악감정은 순식간에 사라졌다. 일단 변기에 앉으면 대단한 사람이 된 것 같았다. 북극에서 수많은 해를 보낸 그였지만, 왠지 자신의 뿌리가 저아래 문명 세계와 맞닿아 있다는 느낌이 들었다. 날씨가 어떻든 간에 바깥에서 볼일을 봐야 할 다른 사냥꾼들을 생각하면 연민도 일었다. 동시에 자신이 그들보다 우월하다고 느끼기도 했다. 누가 뭐래도 그는 변기 위에 올라앉은 사람이었고, 그린란드 북동부에서 화장실을 사용하는 단 두 사람 중 하나였다. 시워츠는 이런 생각을 할 때마다 짜릿한 황홀감을 느꼈다.

레우즈가 북극에 문명을 가져왔다는 소문을 전해 들은 그린란드 북동부 주민들은 오렌지색 건물이 어떻게 작동하는지 상당히 궁금해했다. 문명이 가져다주는 기쁨이나 불행을 느끼지 못하고 여러 해를 살다가, 북극으로 오기 전에 경험한 것들을 다시 맛보고 싶은 충동이 인 것이다. 이것이 사냥꾼들이 초겨울부터 바람의 오두막으로 몰려든 이유였다.

먼저 검은 머리 빌리암이 찾아왔다. 그는 혼자라서 걸음이 홀가분했고, 때마침 바람의 오두막을 거쳐서 기러기 섬으로 가던 중이었다. 그는 몇 해 전에 기러기 섬 근처의 마을에서 어떤 여자를 만났는데, 아직도 잊지 못하고 있었다.

빌리암은 집주인들에게 자기가 만나러 가는 여자에 관해 설명하면서 특별히 정제된 언어를 사용했다. 레우즈가 '씨'와 '당신' 같은 호칭을 붙여가며 정중히 말했기 때문이다. 그가 여자의 미모를 은근히 자랑하면서 걱정스러운 표정으로 배를 두드렸다.

"기다림이란 건 여기, 이 안에 들어앉아 있는 것 같아요." 그가 설명했다. "아름다운 여자를 만나러 갈 때는 항상 뱃속이 좀 이상해지거든요. 작동이 지나치게 잘 된다고 할까요? 하, 하, 무슨 말인지 아시죠?"

레우즈는 고개를 끄덕였지만 대답은 하지 않았다.

"저기, 그러니까 내 말은," 빌리암이 물었다. "화장실 열쇠가 어디 있는지 묻는 거예요."

레우즈는 초승달처럼 푹 파인 두툼한 아이슬란드 스웨터 속에서 끈에 매달린 열쇠를 꺼냈다.

"열쇠는 여기 있어요. 이렇게 항상 몸에 지니고 다니거든요." 그가 차분히 대답했다.

"열쇠를 잠깐 빌릴 수 있을까요?" 빌리암이 물었다. "오늘은 내 배가 평상시와는 좀 다르게 작동을 하네요."

빌리암이 모자를 쓰고, 조심스럽게 손을 내밀었다.

"안 됩니다." 레우즈가 대답했다.

빌리암은 어안이 벙벙했다.

"안 된다고? 방금 안 된다고 했어요?" 그가 놀라서 문고리를 놓고 믿기지 않는다는 얼굴로 말했다. "손님은 화장실을 사용할 수 없단 말이에요?"

"내 화장실입니다." 레우즈가 빌리암의 말을 정정했다. "그래서 안 됩니다. 당신에게는 허락할 수 없습니다. 저기 묶여 있는 개들 중 아무 놈이나 한 마리 골라서 한적한 곳으로 가십시오. 화장실 문은 열리지 않을 겁니다."

시워츠는 의자에 앉아서 안절부절못했다. 예절에 어긋난 손님 접대였다.

"빌리암은 손님이잖아." 그가 슬쩍 항의했다. "우리 집을 찾아온 손님에게 그 정도 권리도 없단 말이야?"

"안 됩니다." 레우즈가 대답했다. "화장실은 내 소유예요. 계속 잠가놓을 겁니다."

레우즈가 경멸하는 눈으로 시워츠를 노려보았다.

"게다가 당신들끼리 친한 거지, 나와 친한 건 아니잖습니까?"

"그래도 손님을 이렇게 홀대하면 안 되는데……. 그러니까 내 말은, 우리에게는 화장실이 있고……." 시워츠가 당황해서 말을 더듬었다.

"시워츠, 내가 내린 결정이 마음에 안 든다면, 오늘부터 당신도 개들을 데리고 외진 곳으로 가도록 하세요."
레우즈가 딱 잘라 말했다.

시워츠는 황급히 꼬리를 내렸다.

"아니, 내 말은 그런 뜻이 아니었어. 정말이야. 진짜라고." 그가 변명을 늘어놓았다. 화장실을 사용할 권리를 잃고 싶지 않아서였다.

두 사람이 주고받는 말을 가만히 듣고 있던 빌리암이 신경질적으로 소리쳤다.

"염병할, 별 우라질 손님 접대도 다 있네. 배가 아파서 변소 열쇠 좀 빌리자는데 그게 뭐 그렇게 대단하다고 이 난리야?"

빌리암이 레우즈를 노려보았다.

"잘난 척도 유분수지. 흥, 자기가 뭐 대단한 사람이라도 되는 줄 아나 보지? 그깟 변소 좀 가졌다고 보통 사람들보다 더 깨끗하고 고귀한 줄 아나 본데, 착각하지마. 알겠어?"

"빌리암 씨, 변소를 가진 건 대단한 겁니다." 레우즈가 대답했다. "그러는 당신은 변소를 가지고나 있습니까?"

그 말에 검은 머리 빌리암은 큰 충격을 받았다. 분해서 말도 나오지 않았다. 이런 대접은 처음이었다. 그는 특정 공간을 잠가놓고 열쇠도 주지 않는 자와는 더 나눌 말이 없다고 생각했다.

"이런 머저리 같은 놈들 집에는 1분도 더 있을 필요가 없지."

화가 난 빌리암은 꽥 소리를 지르고 요란하게 문을 닫으며 밖으로 나갔다.

시워츠는 곤혹스러운 얼굴로 성난 빌리암을 태우고 멀어지는 썰매를 바라보았다. 반면, 레우즈는 태연하게 식탁에 앉아서 강이 녹으면 설치할 수세식 장치를 종이에 그렸다.

빌리암 외에도 바람의 오두막을 찾아온 손님은 많았다. 모두 빌리암과 같은 기대를 품고 온 사람들이었다. 하지만 열쇠는 언제나 레우즈의 목에 걸려 있었고, 그들 중 누구도 오렌지색 건물에 들어가지 못했다. 시간이 지나면서 바람의 오두막을 찾는 방문객은 줄어들었다. 크리스마스가 지난 뒤에는 모두가 발길을 끊었다.

시워츠와 레우즈는 각자의 역량에 맞추어 기지 일을 분담했다. 둘 중 사냥 솜씨가 더 나은 시워츠는 덫 관리를 비롯한 전반적인 사냥 일을 담당했고, 집안일에 재능을 보인 레우즈는 가사를 담당했다. 레우즈는 요리와 청소를 하면서도 시워츠가 가져오는 여우의 해체 작업을 놀라울 정도로 빨리 익혔다.

시워츠는 오렌지색 건물을 사용하는 대가로 한 달에 한 번 화장실 양동이를 비웠다. 원래 집안일에 해당하는 일이었지만 레우즈는 이 요구사항만큼은 절대로 양보할 수 없다며 완강히 버텼다.

양동이를 비우는 일은 한마디로 고역이었다. 내용물이 꽁꽁 언 양동이를 거실까지 가져와서 화덕의 열기로 녹여야 했기 때문이다. 시워츠는 양동이를 불에 올려놓고 내용물의 가장자리가 녹아서 양동이와 분리될 때까지 기다렸다가, 밖으로 나가서 해변에 분변을 쏟았다. 그 후엔 얼음이 알아서 오물을 바다로 실어 갔다.

시워츠는 매달 양철 양동이를 집 안으로 가져와서 활활 타는 불에 올리고 그달의 똥을 녹였다.

그러던 어느 날, 평소와 다름없이 해동 작업을 하는데 강가에 묶여 있던 개들이 갑자기 사납게 짖기 시작했다. 이제 막 양동이를 불 위에 얹고, 오물을 해변으로 옮길 썰매를 꺼내려던 참이었다.

개들이 곰을 보고 짖는 소리가 분명했다. 시워츠는 썰매를 내동댕이치고 총을 집어 든 다음, 재빨리 밖으로 뛰어나갔다. 그때까지만 해도 아직 살아 있는 곰을 본 적이 없던 레우즈는 사진기를 들고 시워츠를 쫓아갔다.

곰을 발견하고 피오르까지 한참을 추격한 끝에 마침내 개들이 곰을 포위했다. 자기를 뒤쫓는 무리를 보고 곰은 크게 포효했다. 개들이 없었다면 두 사냥꾼을 덮치고도 남을 만큼 덩치가 상당히 크고 거친 놈이었다.

시워츠는 실탄을 장전하고 총을 발사해서 곰을 쓰러뜨렸다. 레우즈는 여덟 차례나 필름을 갈아 끼우며 죽은 곰의 모습을 사진에 담았다. 그런 다음, 곰의 머리를 무릎 위에 올려놓고 시워츠에게 사진을 찍어달라고 부탁했다.

두 사람은 빙판 위에서 곰 가죽을 벗긴 뒤, 개들에게 내장을 던져주고, 나머지는 해변의 건조대 위에 올렸다. 그런 다음, 한껏 들뜬 마음으로 기지로 돌아갔다. 썰매를 가져와서 남은 고기를 실어 나르기 위해서였다.

시워츠와 레우즈가 집 안으로 들어갔을 때는 화장실 양동이가 화덕 위에서 부글부글 끓고 있었다. 양동이 안에 들어 있던 내용물은 거품을 내면서 천천히 밖으로 흘러나왔고, 하얗게 달궈진 열판 위에서 타닥타닥 소리를 내며 연기를 뿜었다. 집 안을 가득 채운 악취에 대해서는 굳이 묘사할 필요도 없었다.

이 잠시간의 망각이 시워츠와 레우즈 사이를 멀어지게 했다. 시워츠는 레우즈가 실내 청소 담당이니 뒤처리도 레우즈가 해야 한다고 우겼고, 레우즈는 시워츠가 화장실 양동이 담당이니까 거기서 비롯된 재난도 시워츠가 처리해야 한다고 자신의 명예를 걸고서 주장했다.

싸움은 시워츠가 순록 가죽으로 된 침낭을 깔고 썰매 위에서 노숙을 하는 것으로 끝이 났다. 냄새가 닿지 않는 곳에서 잠자기 위해 그는 집에서 되도록 먼 곳에 썰매를 세웠다.

레우즈는 순록 가죽으로 만든 침낭을 갖고 있지 않았다. 아직 문명의 강력한 지배하에 있었기에, 아름다운 별을 감상하며 잠을 자는 것도 좋아하지 않았다. 별수 없이 그는 빨래집게로 코를 집고 문과 창문을 모두 연 다음, 욕을 하며 이불 속으로 들어갔다. 이런 식으로 둘은 이틀을 보냈다. 사흘째 되는 날 시워츠는 사냥을 떠났고, 레우즈는 항복하고 올리브로 만든 검은 비누를 꺼내 청소를 시작했다.

시워츠가 사냥에서 돌아왔을 때는 집 안이 반짝반짝했다. 아직 냄새는 좀 났지만 큰 불편 없이 지낼 수 있었다. 두 사람은 서로에게 말을 걸지 않았다. 각자 요리를 해서 먹었고, 램프도 따로 사용했으며, 서로 다른 시간에 잠을 잤다. 그래도 별 문제는 없었다. 그러나 레우즈가 화장실 열쇠를 주지 않아서 시워츠는 굉장히 불편했다. 그렇다고 열쇠를 달라고 먼저 말을 걸 수는 없었다. 자존심이 상해서였다.

시워츠는 힘든 시간을 보냈다. 그는 화장실에서 보내는 시간이 좋았다. 엉덩이에 닿는 정성껏 대패질한 판자의 감촉을 다시 느끼고 싶었다. 레우즈를 흠씬 두들겨 패고 강제로 열쇠를 빼앗을까 심각하게 고민하기도 했다. 그런데 불행 중 다행으로 주먹을 쓰기 전에 좋은 아이디어가 떠올랐다.

시워츠는 남은 별채 오두막 두 채 중 하나를 허물고 자기만의 편의 시설을 짓기 시작했다. 그것도 레우즈의 건물 바로 옆에 똑같은 모양으로 만들었다. 시워츠는 솜씨 좋은 일꾼이라서 화장실은 생각보다 빨리 지어졌다. 그는 1월의 가장 추운 날에도 북극 오로라와 별 아래에서 도끼질을 했다.

그 결과 창문이 두 개나 달린 인상적인 화장실이 완성되었다. 창문 하나는 마리곳까지 펼쳐지는 피오르를 향해 있었고, 다른 하나는 레우즈의 화장실 창문을 향해 있었다. 그는 양동이를 비우는 고역을 치르지 않게끔 시스템을 정비했다. 뒤쪽 벽에 도끼로 큼지막한 구멍을 뚫어서 개가 수시로 드나들게 한 것이다. 일종의 자동 정화 장치였다.

레우즈는 못마땅한 눈으로 시워츠의 작업을 주시했다. 둘은 여전히 말을 섞지 않았다. 레우즈는 시워츠처럼 완벽한 멍청이와는 말할 필요가 없다고 생각했다. 그러면서도 도끼눈으로 시워츠를 노려보며 그가 설치한 새 시설을 망가뜨릴 온갖 음모를 꾸몄다.

시워츠가 자신만의 화장실을 완공하던 날, 레우즈는 일찌감치 자기 화장실 안에 자리를 잡았다. 두 사람은 험상궂은 얼굴로 각자 대패질한 판자 위에 앉아서 창문 너머로 상대방을 노려봤다. 시워츠는 레우즈를 방해하기 위해 오만상으로 인상을 찌푸렸다. 반면, 문명인인 레우즈는 얼음처럼 차가운 눈빛으로 시워츠를 쏘아봤다. 두 사람은 추위로 몸이 부들부들 떨릴 때까지 서로를 노려보며 화장실을 지켰다.

날이 갈수록 사태가 심각해졌다. 둘 중 한 명이 자기 건물에 들어가면, 다른 한 사람도 자기 건물로 들어갔다. 싸움은 조금씩 전면전으로 변해서 온갖 고약한 행동이 만연했다. 먼저 시비를 건 사람은 시워츠였다. 그는 가벼운 발길질로 레우즈의 화장실 벽을 걷어찼다. 이에 레우즈는 시워츠의 화장실에서 문짝을 떼어내며 보복했다. 이 불법 가택 훼손은 시워츠로 하여금 레우즈의 창문에 돌을 던지게 했으며, 레우즈가 팔꿈치로 시워츠의 화장실 창문 둘을 작살내게 만들었다. 험악한 분위기 속에서 며칠간 그들은 상대방을 쫓아다니며 서로 으르렁거렸다.

그러던 어느 날 아침이었다. 시워츠는 끔찍한 광경을 목격했다. 자신이 새로 지은 건물에 레우즈가 불을 붙이려고 한 것이다. 화가 머리끝까지 치밀어 오른 시워츠는 앞뒤 가리지 않고 힘껏 방화범을 들이받았다. 얼마나 세게 들이받았는지, 그 후 상대가 자리에 누울 때마다 몸을 누일 수 있게 도와야 했다.

그 뒤로 두 사람은 무기를 소지하지 않고서는 화장실에 아예 들어가지 않았다. 문과 창문 수리가 끝나고 외풍이 없어진 다음에는, 각자 총을 괴고 앉아서 또다시 서로를 노려봤다.

3월이 되어서야 이 긴박한 상황에 변화가 찾아왔다. 대륙빙하에서 불어오는 3월의 거센 바람이 건물 두 채를 뿌리째 뽑아놓은 것이다. 바람은 먼저 레우즈의 화장실을 거두어 갔고, 곧이어 시워츠의 화장실도 가져갔다. 바람에 실려서 꽁꽁 언 바닷가까지 날아간 두 채의 건물은 얼음덩이 위로 사정없이 내동댕이쳐졌다.

레우즈와 시워츠는 바람의 오두막 창문 너머로 산산이 조각난 널빤지들이 피오르를 향해 날아가는 광경을 맥없이 지켜봐야 했다.

"내 화장실!" 레우즈가 비통하게 소리쳤다.

"내 건 어떻고! 염병할, 이게 뭔 일이래!" 시워츠가 고함을 질렀다.

"빌어먹을 땅 같으니!" 레우즈가 눈물을 흘렸다.

"우라질 폭풍은 어떻고!" 시워츠가 대꾸했다.

두 사람은 서로를 바라보았다. 공통의 불행이 지난 몇 달간의 분쟁에 종지부를 찍어주었다. 레우즈가 화덕으로 향했다.

"시워츠, 배 안 고파?" 그가 말했다. "내가 얼른 먹을 걸 만들어줄게."

"말도 안 되는 소리! 요리라면 나도 잘해." 시워츠가 화덕으로 다가서며 말했다.

"그건 아니지."

레우즈가 시워츠를 의자에 앉혔다.

"집안일은 내 몫이야. 벌써 잊은 거야? 그렇게 정했잖아."

시워츠가 고개를 끄덕였다.

"알았어. 그럼 마음대로 해."

칼을 꺼내 바지에 묻은 기름 자국을 긁어내며 그가 말했다.

"폭풍이 멈추면 덫을 보러 가야겠어. 분명 많이 잡혔을 거야."

시워츠는 곁눈질로 레우즈를 힐끗 쳐다보았다. 레우즈는 무릎을 꿇고 화덕 속에서 석탄재를 끄집어내고 있었다.

"마지막으로 여우 가죽을 벗긴 게 너무 오래되어서 어떻게 하는지 기억도 잘 안나." 레우즈가 말했다.

그들은 냄비에 사향소 고기를 넣어 익히고 맛 좋은 월귤 소스를 뿌려서 요리를 만들어 먹었다. 사제 맥주를 마시고, 레우즈가 내온 커피와 화주를 마시며 카드 놀이도 했다. 분위기가 축제의 밤 못지않았다.

"레우즈," 시워츠가 말했다. 그는 카드를 정리하고 의자에 앉아서 꾸벅꾸벅 졸다가 퍼뜩 정신이 들었다. "그런데, 화장실을 새로 만드는 건 좋은 생각이 아니겠지?"

레우즈가 놀란 눈으로 그를 바라보았다.

"새 화장실이라고? 당연히 또 지어야지 그게 무슨 소리야? 이 빌어먹을 곳에서 살아남으려면 화장실은 꼭 있어야 해. 다행히 별채 오두막이 한 채 남았으니까, 그걸 허물어서 만들면 돼. 문명인답게 살아야지."

시워츠는 턱수염을 가슴에 붙이고 체념한 듯 한숨을 내쉬었다. 그리고 그린란드 북동부에 변소가 상륙하기 전의 평화로운 날들을 회상했다. 문명인과 같이 사는 법을 배우기 위해서 앞으로 시간이 얼마나 더 걸릴지 알 수 없는 노릇이었다.

오스카 왕

—

술독에 빠진 할보르와 닐스 노인

    닐스 노인과 그의 동료는 돼지 한 마리를 샀다. 베슬마리호에서 내릴 때만 해도 작고 귀여웠던 새끼 돼지는 몇 달이 지나자 몸집이 제법 커지고 뚱뚱해졌다.

    닐스 노인은 돼지가 착할 뿐만 아니라 굉장히 예쁘다고 생각했다. 닐스 노인과 그의 동료는 그들이 사는 피오르의 이름을 따서 돼지에게 '오스카 왕'이라는 이름을 붙여주었다.

    오스카 왕은 자기만의 집을 갖고 있었다. 석탄 오두막에 뗏장으로 틈을 메우고 낡은 화덕을 실내 중앙에 설치해준 것이었다. 그만하면 돼지치고는 따뜻하고 멋진 곳에 자리를 잡은 셈이었다. 그 바람에 석탄을 눈밭에 내놓아야 했지만, 닐스 노인은 석탄 위에 서리가 들러붙고 눈이 산처럼 쌓여도 그럴 만한 가치가 있다고 생각했다. 덕분에 돼지가 편안하게 잘 먹고 잘 자랄 수 있어서였다.

얼마 후, 오스카 왕에게 요상한 버릇이 생겼다. 배가 고플 때마다 꽥꽥대며 울부짖는 게 그것이었다. 그런데 녀석은 거의 항상 배가 고팠다. 배고프다고 느낄 때 외에도 오스카 왕은 동료가 그리워지면 울부짖었다. 동료를 그리워하는 녀석의 마음도 일상다반사였다. 그래도 닐스 노인은 돼지를 애지중지했다. 하지만 동료 할보르는 아니었다.

닐스 노인과 할보르는 악착같이 일하는 스타일이 아니었다. 설치해둔 덫을 점검하기는 했지만, 언제나 그들이 사는 하우나 기지에서 멀지 않은 곳에 덫을 놓았기에 그걸 살펴보는 일도 늘 빨리 끝났다. 두 사람은 근면하지도 않고 야심도 없었다. 유럽으로 돌아갈 계획이 없었기에, 가죽을 많이 모을 필요도 없다고 생각했다. 배가 고프면 오두막 뒷산과 계곡에 널린 사향소를 잡아먹었다. 식도락을 즐기고 싶어질 때면 산속의 눈밭에 사는 자고새를 잡아먹었고, 피오르의 어린 바다표범을 사냥하거나 썰물 때 드러나는 바위에서 굴을 따먹었다. 석탄과 석유, 술 외의 생필품은 덫으로 잡은 짐승의 가죽으로 마련했다.

시간이 흐를수록 닐스 노인과 오스카 왕은 엉덩이와 팬티처럼 떼려야 뗄 수 없는 사이가 되었다. 이쯤 되자 하우나에 세 사람이 산다고 해도 과언이 아니었다. 그런데 세 사람이 한 배에 타면서 삐걱대는 일이 많아졌다. 닐스는 돼지 동료와 같이 사는 데 더없이 만족했지만, 할보르는 한없이 짜증이 났다. 오스카 왕을 질투해서가 아니었다. 신에게 맹세코 그것은 정말로 아니었다. 할보르는 다만 닐스 노인과 자기가 각자의 자리에서 각자의 일에 몰두하던 옛 시절이 그리웠다. 그런데 또 솔직하게 말하자면, 닐스 노인이 몸을 사리지 않고 돼지를 살뜰히 챙길 때마다 불쑥 화가 치밀어 올랐다.

때로 오스카 왕은 배가 고프지 않아도 굶주린 것처럼 소리를 질렀다. 그럴 때면 닐스 노인은 돼지를 비좁은 우리에서 오두막 거실로 데리고 들어왔다. 그가 돼지를 무릎에 앉히고 파이프 담배 끝으로 귀 뒤쪽이나 돌돌 말린 꼬리 부분을 긁어주면, 오스카 왕은 보호자의 품속에서 기분 좋게 꿀꿀거렸다. 그 둘은 함께 있는 것만으로 행복해 보였다.

닐스 노인과 돼지가 함께 보내는 시간이 길어질수록 할보르의 분노는 커갔다. 일상생활에서 닐스와 거실을 공유하는 것은 그런대로 참을 수 있었다. 그런데 가증스러운 돼지와 한 공간에서 사는 것은 참을 수가 없었다. 할보르는 이따금 투덜거리며 화난 얼굴이 되어 식탁을 주먹으로 세게 내려쳤다. 분풀이를 위해서였지만, 그럴 때마다 그는 좌절감을 느꼈다. 닐스와 오스카 왕이 위로는커녕 이해할 수 없다는 듯 멀뚱멀뚱 그를 쳐다보기만 했기 때문이다.

돼지는 무럭무럭 자랐고, 나중에는 너무 뚱뚱해져서 닐스 노인이 들어올릴 수 없는 지경에 이르렀다. 그래서 닐스는 돼지에게 개 목줄을 채워서 집 안으로 끌고 오려고 했다. 하지만 매번 실패했다. 돼지는 힘이 너무 셌고, 목줄에 묶여서 끌려가지 않으려고 안간힘을 썼다. 닐스 노인은 결국 포기하고 돼지우리에 석유램프와 의자를 가져다 놓았다. 집에 있는 『남그린란드의 항해술 및 항공술』과 『구약성서』도 들고 가서 오스카 왕의 엉덩이를 긁으며 드문드문 읽었다. 그러다 가끔은 책의 내용을 주제로 돼지와 이야기를 나누거나, 오스카 왕에게 교훈이 될 만한 『구약성서』 한두 구절을 낭독했다.

할보르는 괴로웠다. 그는 고통이라는 불치병을 선고받은 사람 중 하나였다. 그는 무엇보다 닐스와 오스카를 동료로 둔 것이 괴로웠다. 닐스 노인은 어떤 경우에도 잘 씻지 않았는데, 이 점에서는 오스카 왕도 자기 주인이자 군주인 닐스를 완벽하게 빼다 박은 듯했다. 닐스가 자기 안에 갇혀서 끝없이 늘어놓는 이야기도 듣기 괴로웠다. 아무리 정상을 참작해봐도 그로서는 도저히 이해 불가능한 기이한 세계였다. 그러나 다른 무엇보다도 할보르가 가장 괴로웠던 것은 닐스가 돼지우리로 살림을 차리러 간 것이었다. 돼지와 닐스 노인이 눈앞에서 사라지자 할보르는 신경질을 낼 일이 없어서 괴로웠고, 외로워서 괴로웠다. 때마침 극야라서 동료가 절실한 시기였다.

상황이 이런 채로 거의 한 달이 지나갔고, 외로움을 참다못한 할보르는 닐스를 유혹하기로 작정했다. 흰 밀가루로 롤빵을 만들어서 설탕을 곁들인 진한 커피와 함께 닐스에게 가져다준 것이다. 그러나 할보르의 노력에도 닐스 노인은 돼지우리에서 나올 생각을 하지 않았다.

할보르는 포기하지 않았다. 그린란드의 전통 맥주를 양조하고, 살짝 쓰기는 했지만 목마른 사내의 갈증을 그럭저럭 풀어줄 화주도 증류했다. 그는 집에서 매일 혼자 보내는 저녁을 더는 견딜 수 없었다. 할보르는 맥주와 화주를 돼지우리로 가지고 가서 닐스 노인과 돼지 앞에 내려놓았다. 그리고 화덕 뒤에 서서 닐스가 선물에 어떤 반응을 보이는지 살폈다. 기대와 다르게 닐스와 오스카 왕은 선물을 거들떠보지도 않았다. 사실이 어떻든지 할보르는 그렇게 느꼈다. 그를 없는 사람 취급하고 둘이서만 이야기를 나누다가 할보르가 우리를 떠난 다음에야 음료를 마셨다.

닐스 노인은 늘 술을 마셨다. 그런데 돼지도 술을 마시기 시작했다. 돼지가 복통을 일으키던 날, 닐스는 돼지에게 화주를 먹였다. 그는 경험을 통해 화주가 거의 모든 병을 낫게 하는 만병통치약이라고 믿었다. 복통은 가라앉았지만, 대신 오스카 왕의 성격이 변했다. 닐스 노인이 불행한 할보르에게 설명한 대로라면, 인간적으로 변했다.

할보르의 가슴에 증오가 싹텄다. 그는 닐스를 증오했고, 오스카를 증오했다. 무엇보다도 자기 자신을 증오했다. 조용한 거실에 혼자 있을 때면 증오심이 걷잡을 수 없이 커졌다. 그는 매일 저녁 술에 취했고, 게걸스럽게 롤빵을 먹어댔다. 닐스 노인은 그런 그를 보며 이상하다고 생각했지만, 예전부터 이상한 구석이 있었다고 치부하며 불안감을 떨쳤다. 예전에는 속으로만 이상했다면, 지금은 이상한 점이 밖으로 표출된 것뿐이었다. 그러던 어느 날이었다. 할보르가 갑자기 훌쩍이더니 어떤 암컷이 자기를 유혹했다고 고백했다.

"그래?" 닐스 노인이 다정하게 대답했다.

그도 젊었을 때는 비슷한 악몽에 시달린 적이 있었다.

"할보르," 그가 말했다. "그러면 며칠간은 화주에 손을 대지 말아봐. 술독이 오른 거야."

하지만 할보르는 자기 말이 사실이라고 고집을 부렸다.

"아니야, 그런 게 아니라 정말 나를 유혹했다니까. 내 힘으로는 도저히 감당할 수가 없었어." 그가 머리를 두 손으로 감싼 채 온몸을 들썩이며 흐느꼈다.

"할보르, 그만 울어." 닐스가 할보르를 달랬다. "젊을 때 다 그래. 방앗간 물레방아처럼 머리를 돌게 하는 게 바로 젊음이란 거거든."

닐스가 할보르를 달래며, 할보르 앞에 있던 화주 병을 집어서 오스카 왕의 여물통으로 던졌다.

"도저히 당해낼 수가 없었어." 할보르가 흐느꼈다. "돼지 같은 주둥이에 꼬리가 배배 꼬인 정말 앙큼한 년이었어."

닐스 노인은 할보르를 울게 내버려두고, 오스카 왕에게 가서 상황을 설명했다.

"헤, 헤, 귀여운 오스카 왕, 할보르가 네 친구들 중 하나와 사귀나 봐. 어떻게 생각해?" 담배 파이프 끝으로 까끌까끌한 돼지 귀를 긁으며 닐스 노인이 킬킬거렸다.

닐스는 의자에 앉아서 책을 펼치고 천천히 읽기 시작했다.

"오늘 저녁에는 『구약성서』의 「아가」로 배를 채워볼까? 어디 보자…… 60명의 왕비와 후궁 80명, 그리고 셀 수 없이 많은 젊은 여자가……."

닐스가 고개를 들었다.

"이런, 이 솔로몬이라는 왕은 엄청나게 많은 여자를 거느렸네! 할보르가 알았다면 큰일 날 뻔했어."

어둠이 절정에 달한 시기에는 할보르도 어느 정도 원기를 회복한 듯 보였다. 그는 이따금 길게 사냥을 떠났다가 여우로 가득 찬 자루를 들고 상기된 얼굴로 돌아왔다. 유약을 바른 단추처럼 반짝이는 두 눈은 집 밖에서도 그가 술을 마신다는 증거였다. 할보르가 사냥을 떠나면 닐스 노인은 집에 남아서 돼지를 돌보고, 집을 청소하고, 잡은 여우를 해체했다.

이따금 할보르는 얼굴이 하얗게 질려서 집으로 달려

들어왔다. 처음에는 어떤 괴한이 썰매로 뛰어 올라와서 그랬고, 그다음에는 기괴하게 생긴 반인반수가 집까지 쫓아와서 그랬다. 닐스는 할보르가 머지않아서 정신줄을 놓을 것으로 생각하고, 돼지우리로 의자를 하나 더 가져왔다. 셋은 화덕 근처에서 불을 쬐며 각자의 시간을 보냈다. 닐스는 책을 읽고, 할보르는 책 속 이야기에 귀를 기울였으며, 오스카 왕은 두 사내의 발치에 누워서 잠을 잤다. 이런 날이면 할보르는 더 이상 버림받은 느낌이 들지 않았다. 그런데 버려짐에 대한 두려움이 사라지면, 돼지우리 속 두 존재에 대한 예전의 혐오감이 되살아났다. 그때마다 할보르는 다시 집 안의 고독 속으로 되돌아갔다.

12월이 되자 오스카 왕은 사상 최대로 뚱뚱해졌다. 할보르는 매일같이 사냥칼을 갈면서 오스카 왕을 저세상으로 보낼 상상에 즐거워했다. 그는 돼지만 시리지면 모든 것이 원래대로 돌아올 것이라고 믿었다. 닐스는 다시 집으로 들어올 것이었고, 둘은 예전처럼 저녁마다 카드놀이를 하거나 인생에 대해 논할 것이었다.

어느 날 저녁, 할보르가 닐스에게 말했다.

"알아? 그때가 얼마 안 남았어."

"무슨 때?"

"크리스마스 만찬을 준비할 때."

"아, 그러네, 곧 크리스마스지!"

닐스가 고개를 끄덕였다.

"작년처럼 사향소를 잡아야겠지?"

"글쎄. 나는 사향소와는 전혀 다른 걸 생각했어." 할보르가 잔인한 미소를 지으며 대답했다.

"자고새? 할보르, 이 계절에는 자고새가 없잖아. 얼려놓은 것도 없고. 그냥 쇠고기로 하자."

"아니, 나는 오스카로 하고 싶어." 유쾌한 목소리로 할보르가 대꾸했다.

"오스카?"

닐스가 깜짝 놀라며 할보르를 쳐다보았다.

"설마, 진짜 오스카로 크리스마스 요리를 만들려는 건 아니지?"

"그러려고 오스카를 여기 데려온 거잖아. 아니야?" 할보르가 대답했다.

"그래, 그때는 그랬지. 하지만 가을 이후로 모든 게 달라졌어." 닐스가 항의했다.

"우린 크리스마스 때 먹으려고 오스카를 샀어. 그러니까 원래대로 해야 해." 할보르가 딱 잘라서 말했다.

"안 돼! 오스카는 절대로 안 돼!"

할보르는 주먹으로 식탁을 내리쳤다.

"난 이번 크리스마스만큼은 꼭 돼지고기 구이를 먹고 싶어. 그리고 다시 말하지만, 이건 이미 결정된 사실이야."

할보르는 칼을 꺼내 칼날을 쓰다듬었다.

닐스는 불안한 눈으로 그의 동료를 바라보았다.

"할보르, 농담이지? 너도 나만큼 오스카를 좋아하잖아. 그런데 어떻게 녀석을 죽인단 말이야?"

"어떻게 죽이긴 어떻게 죽여? 이렇게 죽이지." 할보르가 자기 목에 칼등을 갖다 대며 대답했다.

닐스가 성질을 부렸다.

"오스카는 건드리지 마! 악마도 저 아이를 내게서 뺏어갈 수는 없어."

"돼지의 반은 내 거야. 그걸 잊지 마."

"그러면 내가 그 반을 살게."

"아니, 안 팔 거야." 할보르가 싸늘한 미소를 지었다.

"그럼 올해 내 몫의 여우를 줄게." 닐스가 흥정을 시도했다.

"나는 돼지고기를 원해. 오스카의 반은 식탁 위에 올려질 거야."

두 사람의 목소리는 점점 커졌고, 결국에는 상대방이 무슨 말을 하는지도 분간하기 어려워졌다. 닐스 노인이 문을 쾅 닫고 나가자, 할보르가 발작적으로 웃음을 터뜨렸다. 그가 머리 위로 칼을 휘두르며 문을 향해 소리쳤다.

"닐스, 똑똑히 들어! 오스카의 반은 무슨 일이 있어도 식탁에 올려질 거야."

그때부터 닐스 노인은 본격적으로 오스카 왕의 집에서 살기 시작했다. 침낭과 총을 가져다 놓고 돼지우리에 아예 눌러앉은 것이다. 닐스는 할보르를 믿을 수가 없었다. 번득이는 눈이 두렵기도 했다. 그래서 잠자리에 들기 전에 항상 문을 안에서 걸어 잠갔다.

그리고 마침내 크리스마스이브가 찾아왔다. 할보르는 돼지우리 앞에서 닐스 노인에게 소리쳤다.

"닐스, 문 열어. 내 몫을 찾으러 왔어!"

할보르의 웃음소리에 닐스는 온몸에 소름이 돋는 것을 느꼈다.

"여기 들어오면, 넌 악마를 보게 될 거야." 닐스가 맞받아쳤다.

그는 총을 움켜쥐고 철커덕거리며 수차례 노리쇠를 잡아당겼다. 할보르에게 그냥 하는 소리가 아님을 알리기 위해서였다.

할보르는 오두막으로 돌아가 도끼를 들고 나와서 돼지우리 뒤편으로 살금살금 걸어갔다. 그리고 몇 차례 박공을 내려쳐서 판자를 박살냈다. 할보르가 뒤에서 공격하리라고는 상상도 못 한 닐스는 황급히 뒤돌아서서 구멍을 향해 총을 쏘았다. 그 바람에 오스카 왕이 총소리에 놀라 꽥꽥 비명을 지르며 날뛰기 시작했다. 그러더니 할보르가 도끼로 낸 구멍을 통과해서, 총과 도끼로 무장한 푸주한의 다리 사이를 지나 냅다 줄행랑을 쳤다. 오스카 왕은 바닥에 나자빠진 할보르를 뒤로하고 배를 바닥에 끌면서 빙원으로 이어지는 골짜기를 향해 달려갔다. 닐스 노인은 로켓처럼 구멍을 빠져나가서 사랑하는 돼지를 쫓아갔다.

"오스카," 그가 소리쳤다. "돌아와! 내 예쁜 새끼, 돌아와!"

하지만 오스카는 돌아갈 계획이 없는 듯했다. 오스카는 하얗게 내리는 눈 사이로, 골짜기를 지나 연기처럼 사라졌다.

할보르는 배꼽을 잡고 웃으며 눈물까지 흘렸다. 그러다가 겨우 총을 꺼내 들고서 돼지를 향해 쏘았다.

"닐스, 돼지의 절반은 내가 가져갈게. 네가 원하든 원하지 않든, 원래 내 거였으니까."

총을 맞은 돼지는 팽이처럼 돌다가 갑자기 펄쩍 뛰어올랐다. 그 모습을 보고 할보르가 기쁨의 환호성을 질렀다.

"저런, 오스카, 춤이라도 추는 거야? 죽기 전에 딱 한 번 노래하는 백조처럼?"

할보르는 하루낮과 하룻밤을 기지에서 혼자 보냈다. 이틀 후 돌아온 닐스 노인은 꽁꽁 언 몸으로 화주를 유장*처럼 들이마셨다.

"닐스, 다 끝났어." 할보르가 말했다. "어차피 이렇게 된 거, 다시는 이 얘길 꺼내지 말자."

승리했는데도 할보르는 기고만장하지 않았다. 천성이 그렇지 못했을뿐더러 닐스가 돌아온 것이 그저 기뻐서였다. 그는 이제 모든 것이 예전으로 돌아갈 거라고 생각했다. 닐스는 따뜻한 집에 남아서 가사를 전담하고, 할보르는 추위 속에서 덫을 돌아볼 것이다. 빌어먹을 돼지가 오기 전처럼 두 사람은 다시금 편안하고 기분 좋은 저녁을 맞이할 것이다.

———

* 젖 성분에서 단백질과 지방을 빼고 남은 부분.

그런데 오스카가 죽은 뒤 닐스는 완전히 다른 사람이 되었다. 눈빛에 무언가 알 수 없는 묘한 기운이 감돌고, 아무 일도 하고 싶어 하지 않았다. 저녁이면 말없이 자기 앞에 놓인 음식을 먹고, 할보르가 건네는 술을 고분고분 받아 마셨다. 얼빠진 사람처럼 잠도 많이 잤다. 이상하기는 했지만, 그는 대수롭지 않게 여겼다. 닐스가 집에 있다는 사실만으로도 좋았고, 때가 되면 돼지를 그리워하는 닐스의 마음이 나아질 것으로 생각해서였다.

하지만 닐스 노인의 기분은 영영 좋아지지 않았다. 봄이 된 뒤에는 하는 짓도 훨씬 이상해졌다. 혼자서 조용히 애도할 시간이 더 필요한 듯했다. 할보르는 닐스의 뜻을 존중했다. 이런 면에서 보면 그는 매우 좋은 친구였다. 그는 닐스 노인의 몸이 약해지지 않도록 잘 먹였고, 맥주를 비롯해 필요한 모든 것을 제공했다. 그러면서도 한편으로는 돼지 때문에 인간이 어떻게 이렇게까지 변할 수 있는지 의아해했다. 하지만 오스카 왕을 죽인 것을 두고 후회한 적은 한 번도 없었다. 돼지와의 교우는 닐스의 품위를 떨어뜨렸을 뿐이라고 그는 생각했다.

그해 봄, 할보르는 모든 면에서 닐스 노인를 배려했다. 집 안에서와 마찬가지로 집 밖에서도 대부분의 일을 도맡았고, 닐스를 기쁘게 해줄 만한 주제로 대화를 시도했다. 그렇게 그는 마지막까지 마음의 문을 반쯤 열어두고, 죽기 전에 착한 닐스를 밝은 빛의 세계로 인도할 수 있기를 소망했다.

7월 초가 되자 얼음이 빠른 속도로 녹기 시작했다. 할보르와 닐스는 배가 오는지 보기 위해 매일같이 산으로 갔다. 그들은 말없이 산에 올랐고, 말없이 앉아서 바다를 바라보다가, 말없이 오두막으로 돌아왔다. 오늘도, 그다음 날도, 매일 같은 일상의 반복이었다. 그래도 할보르는 괜찮았다. 솔직히 말하면 닐스가 돼지에게 몸과 마음을 다 바쳐서 헌신하던 겨울보다는 지금이 훨씬 덜 고통스러웠다.

마침내 배가 도착했다. 할보르는 허공에 대고 총을 한 발 쏘고 모자를 흔들었다. 배를 다시 보게 되다니, 참으로 감격스러웠다. 배는 맛있는 음식과 담배, 시판용 술, 새로운 얼굴들과의 만남을 의미했다. 몇 차례 다시 총을 쏜 뒤, 할보르는 기쁜 소식을 전하기 위해 닐스 노인에게로 달려갔다. 닐스는 집 앞에 앉아서 햇볕을 쬐며 피오르를 바라보고 있었다.

"닐스, 배가 왔어!" 할보르가 숨을 헐떡이며 소리쳤다. "베슬 마리호가 저 아래에 닻을 내리고 있어!"

두 사람은 함께 해변까지 걸어갔다. 가는 내내 할보

르는 손짓, 발짓을 섞어가며 닐스에게 말을 걸었고, 닐스 노인은 물고기처럼 침묵을 지켰다.

베슬 마리호는 뱃머리를 먼바다 쪽으로 돌리고 닻을 내렸다. 사슬이 부딪치는 소리와 선장이 모터를 끄는 소리가 들려왔다. 친숙하고도 귀한 소리였다.

할보르는 사람들이 바다에 보트를 내리고 거기에 올라타는 모습을 즐겁게 구경했다. 선원들과 빨리 만나고 싶은 마음에 가만히 있지 못하고 물가에서 발을 동동 구르기도 했다. 할보르는 선장과 선원들에게 한 차례 악수를 건네고, 보트를 물가로 끌어 올리는 것을 도왔다. 그들은 집을 향해 걸었다.

"할보르, 여긴 달라진 게 하나도 없네." 올슨 선장이 말했다. "겨울은 잘 보냈지?"

집을 향해 걸음을 옮기며 올슨 선장이 물었다.

"그럼, 아주 잘 보냈어." 행복감을 감추지 못하고 할보르가 대답했다.

그는 사람의 목소리를 다시 듣게 되어 뛸 듯이 기뻤다.

"사냥도 아주 잘 됐고, 모든 점에서 특별한 겨울이었어."

선장이 웃었다.

"아, 그랬어? 사실 하우나가 특별한 곳이기는 해. 그런데 닐스 노인은 어디 두고 혼자 나온 거야?"

"닐스? 저기 있잖아!"

할보르가 조금 떨어진 해변에 뿌루퉁하게 앉아 있는 닐스를 손가락으로 가리켰다.

"어디?"

올슨 선장은 잘 보이지 않는다는 듯 눈살을 찌푸렸다.

"저기 말이야."

"저거?"

"하! 하! 맞아. 닐스가 좀 이상해지긴 했어. 그런데 배가 왔으니까 이제 괜찮아질 거야." 할보르가 웃었다.

"뭐야, 지금 날 놀리는 거야?" 선장이 으르렁거렸다. "저기 있는 돼지가 닐스 노인이라고?"

"하! 하! 하!"

할보르가 웃으며 허벅지를 쳤다.

"진짜 기막힌 농담이다. 닐스가 평소 깨끗하지 않았다는 건 인정해."

"저기 있는 건 돼지야, 할보르." 선장이 말했다.

"아니, 저건 닐스야." 할보르가 조금 짜증스럽게 대답했다.

"기가 막힐 노릇이군."

선장이 화를 내며 발을 굴렀다.

"내가 닐스라면 닐스인 거야! 돼지는 크리스마스 전에 내가 죽였으니까."

할보르도 화가 나서 소리쳤다.

올슨 선장은 벼락을 맞은 듯 하늘이 노래지는 것을 느꼈다. 그는 할보르의 팔을 잡고, 할보르의 안색을 살폈다.

"할보르," 그가 속삭였다. "저기 있는 게 닐스 노인이라면, 지금 돼지는 어디에 있는데?"

할보르는 활짝 웃었다. 선장을 바라보는 그의 두 눈이 광을 낸 단추처럼 반짝였다.

"돼지 말이야? 어디 있긴 어디 있어? 크리스마스 때 내가 잡아먹었지!"

북극 허풍담 1
즐거운 장례식

초판 1쇄 인쇄 2022년 4월 15일
초판 1쇄 발행 2022년 4월 25일

지은이 요른 릴
옮긴이 지연리
펴낸이 정중모
펴낸곳 도서출판 열림원

출판등록 1980년 5월 19일(제406-2000-000204호)
주소 경기도 파주시 회동길 152
전화 031-955-0700
팩스 031-955-0661   페이스북 /yolimwon
홈페이지 www.yolimwon.com   트위터 @yolimwon
이메일 editor@yolimwon.com   인스타그램 @yolimwon

주간 김현정   마케팅 홍보 김선규 최가인
편집 조혜영 황우정 최연서   온라인사업팀 서명희
디자인 강희철   제작 관리 윤준수 이원희 고은정 원보람

ISBN 979-11-7040-058-5 04850
        979-11-7040-057-8 (세트)